Lilas blanc

Barbara Cartland est une romancière anglaise dont la réputation n'est plus à faire.

Ses romans variés et passionnants mêlent avec bonheur aventures et amour.

Vous retrouverez tous les titres disponibles dans le catalogue que vous remettra gratuitement votre libraire.

Barbara Cartland

Lilas blanc

traduit de l'anglais par Gabriel POSPISIL

Éditions J'ai lu

Ce roman a paru sous le titre original :

WHITE LILAC

NOTE DE L'AUTEUR

La consommation de charbon augmenta considérablement vers la fin du XVIIIe siècle. Après que James Watt, en 1781, eut construit sa machine à vapeur améliorée, capable d'entraîner d'autres machines, l'industrie eut besoin d'énergie.

Le chemin de fer, grand consommateur de charbon, était aussi un fournisseur : il en transportait dans l'ensemble du pays. L'expansion de la production de charbon fut spectaculaire — 10 millions de tonnes en 1800, 12 millions en 1870 et 95 millions en 1913.

La production d'autres minéraux augmenta de façon aussi frappante. En 1840, la Grande-Bretagne fournissait les trois quarts du cuivre, la moitié du plomb et 60 % de l'étain produits dans le monde.

Le 13 juin 1842, le premier voyage de la Reine et du Prince Albert par le rail officialisait l'approbation royale à « l'âge de la vapeur ». En 1859, le Prince Consort inaugurait le chemin de fer de Cornouailles.

Le wagon royal, splendide, mesurait quatre mètres sur deux et était construit dans le plus bel acajou. A doubles cloisons, il était capitonné de feutre pour diminuer les vibrations et l'isoler du froid. L'intérieur était entièrement tapissé d'un délicat satin bleu et les fenêtres ornées d'élégantes draperies de satin bleu et blanc, garnies de glands.

1

1846

— Le brouillard s'épaissit, Votre Grâce.

Le valet avait parlé avec appréhension mais le duc ne répondit pas, ayant de toute évidence constaté lui-même que la route devenait impraticable. Il avait été contraint de ralentir depuis plusieurs kilomètres, et jugeait plus prudent de s'arrêter pour la nuit plutôt que de poursuivre son chemin jusqu'au domaine du marquis de Buxworth, où il était attendu.

S'il y avait une chose dont le duc avait horreur, c'était de voir ses projets bouleversés au dernier moment. S'il n'avait tenu qu'à lui, il aurait continué sa route, brouillard ou non.

C'était cette détermination qui avait fait de lui le meilleur athlète de son université. D'abord à Harrow, où il avait couru le mille en quatre minutes trente-six secondes, puis à Oxford, où il avait excellé à l'aviron. Par la suite, il s'était distingué dans de multiples disciplines.

Il avait escaladé le Matterhorn, avait représenté l'Angleterre dans tous les tournois d'escrime en Europe et avait chaque fois été vainqueur. Ses chevaux avaient remporté la plupart des courses classiques tandis que dans les steeple-chases amateurs et les courses de trot, il passait invariablement le poteau d'arrivée devant tous les autres concurrents. En outre, il était connu comme un fusil exceptionnel, qu'il s'agisse de faisans, de perdrix, d'éléphants ou de tigres dans les safaris. Si bien que ses amis avaient depuis longtemps renoncé à se mesurer à lui.

Il veillait à ce que ses vastes et nombreux domaines soient parfaitement gérés, et il en assurait lui-même l'organisation et la direction. Son emploi du temps était si chargé qu'il aurait épuisé le plus énergique des hommes.

Cependant, si pressé fût-il, il respectait ses chevaux. Pour l'heure, bien qu'il n'eût aucune envie de passer la nuit dans un relais de poste inconfortable, il jugea préférable de les épargner et de ne pas les forcer à galoper dans ce que son valet appelait de la « purée de pois ».

— Hanson, dit-il, je crois qu'il y a une auberge pas loin d'ici.

Cela faisait fort longtemps qu'il n'avait pas emprunté cette route, mais il était doué d'une mémoire infaillible. Quelques minutes plus tard, lorsqu'ils distinguèrent des lumières à travers le brouillard, il sut qu'il ne s'était pas trompé.

L'auberge était plus confortable que le duc ne l'avait tout d'abord pensé. Comme les voyageurs étaient peu nombreux, il put retenir la meilleure chambre ainsi que les deux pièces attenantes. Il ne comptait pas les occuper, mais il ne voulait pas être dérangé au milieu de la nuit — comme cela lui était déjà arrivé dans des relais — par des voisins qui toussaient ou se cognaient dans les meubles parce qu'ils avaient trop bu.

L'aubergiste parut légèrement surpris par sa demande mais fut ravi de louer les chambres à ce monsieur qui, de toute évidence, « avait les moyens ». Lorsque le duc demanda également un salon particulier, il obtint satisfaction. Puis, s'étant assuré que son valet était bien installé et que l'on s'était occupé de ses chevaux, il commanda à dîner.

Il était bien ennuyeux que le fourgon qui les suivait se fût perdu dans le brouillard. Peut-être parviendrait-il à les rejoindre, mais mieux valait ne pas trop y compter. Tiré par un attelage de six chevaux, le fourgon était mené par son palefrenier-chef, un homme extrêmement prudent. Il avait dû s'arrêter depuis longtemps déjà, et sans doute avait-il trouvé une auberge plus confortable que le relais où avait échoué son maître ! Le duc, lui, devrait se résigner à dormir dans de la toile grossière au lieu des draps fins auxquels il était habitué. Il devrait aussi se passer de descente de lit et de tapis moelleux. Et, comble de malchance, le cuisinier voyageait dans le fourgon ! Le duc décida donc de ne pas prendre de risques et commanda, sur le menu que l'aubergiste lui avait apporté, des plats simples qui seraient peut-être comestibles si Hanson en supervisait la cuisson.

— Je ferai de mon mieux, Votre Grâce, dit Hanson. Je ne prétends pas être aussi bon cuisinier que le jeune Henry ; mais s'il est à l'aise à la cuisine, je ne lui confierais pas les chevaux de Votre Grâce !

Le duc leva les yeux du menu et le reprit vivement :

— Sir ! N'oubliez pas que je me suis inscrit sous le nom de sir Ervan Trecarron !

— Bien sûr, Votre... Sir !

Lorsque le duc voyageait, il utilisait toujours l'un de ses autres titres, car les gens étaient si impressionnés de parler au célèbre duc de Marazion que cela en devenait embarrassant.

Il était aussi parfois en butte aux importuns qui voulaient profiter de sa générosité. Il préférait donc voyager incognito.

— Je vais à la cuisine, sir Ervan, dit Hanson. J'ai déjà monté votre malle. (Il s'interrompit avant de poursuivre d'un ton anxieux :) Êtes-vous bien certain de ne plus avoir besoin de moi, Sir ?

Le duc sourit :

— Oui. Merci, Hanson.

Il pensait, tout en parlant, à ses voyages en Extrême-Orient et en Afrique, où il s'était toujours fort bien passé de domestiques, à l'exception d'un indigène, la plupart du temps illettré, voire un peu simplet.

En fait, lorsqu'il allait dans des contrées lointaines, il préférait voyager seul : les valets anglais s'accommodaient mal de l'exotisme et se plaignaient sans cesse de l'inconfort et du climat auxquels ils n'étaient pas habitués.

Il se redressa de toute sa taille et resta un moment devant le feu qui crépitait dans l'âtre, avant de monter l'escalier de chêne grinçant qui menait à sa chambre.

C'était une pièce assez grande et, comme Hanson avait déjà demandé qu'on y fît du feu, le froid et l'humidité ne pénétraient pas sous le plafond bas aux poutres apparentes.

Le duc parcourut la pièce du regard et fut surpris par sa propreté. Il constata avec satisfaction que, contrairement à ce qu'il avait craint, les draps étaient bien blancs et les couvertures n'étaient pas mitées.

Avec l'aide de l'aubergiste, Hanson avait monté sa malle et l'avait ouverte afin qu'il pût en sortir ce dont il avait besoin.

Après ces longues heures de route, le duc fut heureux d'enlever son costume élégant mais poussiéreux et de se laver avec l'eau chaude dont on avait rempli le broc placé sur la table de toilette.

Il aurait aimé prendre un bain mais savait que cela provoquerait une telle agitation dans l'auberge que son dîner en serait très retardé, ainsi que celui des autres voyageurs.

En fait, il ignorait s'il y avait d'autres occupants

car, à son arrivée, il était allé directement dans son salon particulier.

Le duc fit une toilette méticuleuse, tout en songeant que les choses auraient pu tourner beaucoup moins bien ; puis il sortit son habit de soirée de sa malle et s'habilla bien plus rapidement que s'il avait été assisté de son valet.

Avant la mort de son père, il avait passé de nombreux mois dans des pays lointains où manquait le confort le plus élémentaire.

Il adorait être mis à l'épreuve dans l'adversité. Pourtant, ce soir, le brouillard qui l'avait empêché d'atteindre sa destination était moins un défi qu'un imprévu contrariant.

Il était certain que le marquis, qui lui avait écrit une lettre chaleureuse, avait organisé un dîner en son honneur et serait extrêmement fâché de son absence.

Il n'y pouvait rien cependant, et chassa ce souci de son esprit. Prenant un livre qu'il avait commencé avant son départ, il redescendit dans son salon particulier.

Comme il s'y attendait, il trouva au coin du feu la bouteille de bordeaux qu'il avait commandée avant de monter. Elle devait être chambrée, à présent. Il s'en servit un verre qu'il trouva tout à fait acceptable et s'installa dans un fauteuil en attendant le dîner.

Il ouvrit son livre, mais ne parvint pas à fixer son attention et se mit à penser au but de son voyage.

Serait-il aussi fructueux que le capitaine Daltry le lui avait laissé entendre ?

Daltry s'était certainement montré d'un optimisme et d'un enthousiasme sans frein à propos de ce projet, et le duc s'était presque laissé influencer par le ton persuasif de cet homme plus âgé que lui.

— C'est une chance unique, vraiment, avait affirmé Daltry. Je vous en ai parlé en premier pour la simple raison qu'il n'y a personne à qui je souhaiterais plus rendre service qu'à Votre Grâce, dont je suis un fervent admirateur depuis de nombreuses années.

Le duc avait l'habitude d'entendre ce genre de compliment et il s'était contenté de sourire en attendant que le capitaine Daltry entrât dans le vif du sujet.

Il s'agissait d'une mine de charbon que Daltry vendait pour le compte d'un ami. Ainsi qu'il l'avait fait remarquer au duc au moins une douzaine de fois, tout grand propriétaire terrien devrait posséder tôt ou tard une mine de charbon : on allait construire des voies ferrées dans tout le pays et la demande augmenterait à une vitesse spectaculaire.

Comme l'avait souligné Daltry, de nombreux propriétaires avaient déjà des terres riches en minerai et sauraient en profiter.

Les bateaux à vapeur avaient déjà révolutionné les transports maritimes, avait dit le capitaine Daltry, et avec l'avènement du chemin de fer, les chevaux seraient bientôt complètement démodés.

— Jamais le chemin de fer ne remplacera mes chevaux ! s'était exclamé le duc.

Il avait déjà voyagé en train et trouvait cela inconfortable, bruyant et saisissant, mais il était assez intelligent pour comprendre que c'était le moyen de transport de l'avenir.

Pourtant, plus il pensait aux trains, plus il aimait ses chevaux. Dans une sorte de défi, il agrandissait ses écuries et achetait de nouveaux chevaux. Malgré tout, il était curieux de savoir ce que Daltry avait à lui dire, bien qu'il n'appréciât pas particulièrement le personnage en soi. Ce dernier lui avait été présenté par un ami de longue date, mais le duc avait jugé prudent de prendre d'autres renseignements. Il avait appris que Daltry avait servi aux Indes. Il avait quitté son régiment mais ses états de service étaient irréprochables ; toutefois, il était difficile de trouver en Angleterre quelqu'un qui le connût bien.

— Daltry... Daltry... disaient les gens pensivement lorsque le duc les interrogeait. Oui, bien sûr, je l'ai souvent rencontré, sur les champs de courses, au club. Il a l'air tout à fait charmant mais je ne sais pas grand-chose à son sujet.

Tous parlaient de lui dans les mêmes termes, et le duc n'était pas plus avancé pour autant. Du moins n'y avait-il aucune allusion malveillante à son propos et semblait-il être au-dessus de tout soupçon. Les papiers qu'il lui avait montrés au sujet de la mine paraissaient en règle et avaient obtenu l'approbation de son secrétaire.

Toutefois, le duc n'achetait jamais rien les yeux fermés, et il voulait voir la mine lui-même et obtenir des renseignements précis avant de signer quoi que ce soit.

— Est-ce bien nécessaire, Votre Grâce ? avait demandé le capitaine Daltry. Comme vous le voyez, je vous ai apporté les rapports de plusieurs experts et j'ai moi-même visité la mine à trois reprises. Je dois dire que je l'ai trouvée extrêmement prometteuse.

— Je reconnais que l'affaire paraît excellente à tous points de vue, avait répondu le duc, mais je serais heureux d'aller dans le Lincolnshire. J'y ai plusieurs amis auxquels j'aimerais rendre visite.

Il avait eu la vague impression que Daltry considérait cela comme une perte de temps mais qu'il avait trop de tact pour le lui dire.

— Je serai bien entendu ravi de vous montrer la mine et tout ce que vous souhaiterez voir, avait-il dit. La campagne environnante est agréable et les maisons qui vous reviendront de par ce marché sont assez bien entretenues. Il se peut que vous ayez quelques frais, mais peu conséquents.

Le duc avait passé en revue ceux de ses amis qui vivaient dans cette région et pourraient le recevoir. Parmi eux se trouvait le marquis de Buxworth chez qui il avait l'intention de passer sa première nuit.

Le marquis, beaucoup plus âgé que lui, avait très bien connu son père. Lorsque le duc lui avait écrit pour lui demander s'il pouvait le recevoir, le marquis avait répondu que rien ne lui ferait plus plaisir que d'accueillir le fils de son vieil ami.

Au retour, le duc avait prévu de s'arrêter chez lord d'Arcy Armitage, l'un de ses rivaux les plus dangereux sur les champs de courses. Ils avaient toujours des discussions passionnantes sur les chevaux, et il était certain de passer un moment agréable en sa compagnie.

Il n'avait mentionné la raison de son voyage à aucun de ses hôtes. En effet, le capitaine Daltry l'avait prévenu qu'il était le seul à savoir que la mine était à vendre :

— Elle appartenait à un vieux gentilhomme qui vient de mourir, avait expliqué Daltry. Son fils n'a aucune idée de sa valeur potentielle. Il ne s'intéresse pas à la campagne et préfère passer son temps à Londres.

Daltry avait marqué un temps d'arrêt avant de poursuivre :

— C'est pourquoi vous ferez une excellente affaire, Votre Grâce. Il vous suffira d'investir un peu d'argent dans de nouvelles machines et vous devrez sans doute engager de la main-d'œuvre. Mais il faut à tout prix éviter que l'affaire ne s'ébruite.

Le duc détestait les ruses de ce genre. Il aurait préféré une transaction honnête plutôt que de profiter de l'ignorance d'une personne assez naïve pour méconnaître la valeur réelle de la mine.

Comme s'il avait compris ce que ressentait le duc, le capitaine Daltry avait ajouté :

— Le jeune Newall est un garçon stupide qui a déjà dilapidé la plus grande partie de la fortune que lui a laissée son père. Si Votre Grâce n'achète pas la mine, elle tombera sans aucun doute entre les mains de quelque spéculateur cupide qui exploitera ses employés, ne songeant qu'à tirer le plus grand profit de son affaire, en faisant fi des règles de sécurité les plus élémentaires.

Le duc savait que ces méthodes avaient fait l'objet, en 1842, d'un rapport qui avait profondément choqué le public britannique.

Depuis, la sécurité dans les mines s'était sensiblement améliorée, mais il existait encore des propriétaires sans scrupules qui s'intéressaient plus à l'argent qu'à la vie des mineurs. Il y avait, par conséquent, de fréquents accidents qui auraient pu être évités si les propriétaires avaient attaché plus d'importance à la prévention.

Le duc, qui respectait les gens qui travaillaient pour lui, veillerait à ce que sa mine soit correctement exploitée. Bien sûr, Daltry n'avait pas manqué d'utiliser habilement cet argument afin de le convaincre d'acheter la mine, et c'est ainsi que le duc avait décidé d'entreprendre ce voyage dans le Lincolnshire.

Cependant, lorsqu'il annonça à sa mère qu'il se rendait dans cette région, il s'aperçut qu'elle avait une tout autre idée du but de son voyage :

— Est-il possible, Ervan, que mes prières aient enfin été exaucées et que vous ayez l'intention de vous marier ?

Le duc la regarda avec étonnement.

— Qu'est-ce qui vous fait penser cela, mère ?

— Vous allez rendre visite au marquis de Buxworth ; or, d'après ce qu'on m'a dit, il a une fille de l'âge idéal.

— Qu'entendez-vous par « âge idéal » ? rétorqua le duc, sur la défensive.

— J'ai toujours pensé, lui expliqua sa mère d'un ton rêveur, qu'un homme, surtout un homme tel que vous, Ervan, doit être plus âgé que sa femme.

Votre père avait douze ans de plus que moi et vous savez à quel point nous avons été heureux. Je me souviens du jour où je l'ai vu pour la première fois. Il était si beau... J'avais l'impression que c'était un dieu de l'Olympe et j'ai éprouvé le même sentiment jusqu'au jour de sa mort.

La duchesse parlait avec émotion.

— Père a eu beaucoup de chance de vous rencontrer, c'est vrai. Mais en ce qui me concerne, je n'ai encore jamais connu de femme que j'aie envie d'épouser. C'est pourquoi je reste célibataire.

— Je le sais bien, répliqua la duchesse, mais, mon chéri, n'oubliez pas que vous êtes le quatrième duc de Marazion, que vous êtes très séduisant et qu'il vous faut songer à assurer votre descendance.

— A vous entendre, mère, on pourrait croire que j'ai déjà un pied dans la tombe ! fit le duc en riant. Je n'ai pas encore vingt-neuf ans et j'ai tout mon temps.

— C'est toujours ce que vous me répondez et je suppose que dans dix, vingt ou trente ans, il en sera de même, soupira la duchesse.

Le duc rit de nouveau.

— Vous êtes très pessimiste, mère, mais je rencontrerai peut-être un jour la femme idéale au sommet de l'Himalaya, en voguant sur l'Amazone, ou sur l'Acropole d'Athènes !

Il faillit ajouter : « ou au fond d'une mine de charbon », mais il se dit que sa mère ne trouverait pas cela drôle et qu'il lui dévoilerait ainsi le but de son voyage, qu'il tenait à garder secret.

La duchesse était très bavarde et le duc savait que tout ce qu'il lui dirait, notamment à propos de mariage, serait répété à toutes ses amies, qui ne manqueraient pas à leur tour de propager la rumeur.

La duchesse insista pourtant :

— Avec votre charme, et avec toutes les jolies femmes qui ne cessent de vous faire les yeux doux, je ne comprends pas pourquoi vous n'êtes encore jamais tombé amoureux.

— Je n'irais pas jusque-là, mère, dit le duc avec un sourire au coin des lèvres.

— Je parle de véritable amour, fit la duchesse, pas de ces *affaires de cœur* dont je n'entends que trop parler.

— Vous ne devriez pas écouter, répliqua le duc.

Décidément, tous ses faits et gestes étaient immédiatement relatés à sa mère ! Il avait souvent l'impression que, avant même que ne débutât ce qu'elle appelait une *affaire de cœur*, elle savait dans les moindres détails ce qui allait se passer.

Le duc s'assit sur le sofa à côté de sa mère et lui prit la main.

— Je vous aime, ma chère maman, et je voudrais vous faire plaisir, mais je dois vous avouer que si je ne suis pas encore marié, c'est entièrement de votre faute.

— De ma faute ? Alors que je vous ai supplié presque à genoux de vous marier !

— Je sais, mère, mais lorsque je vous compare aux femmes que je rencontre, je devine que non seulement elles me décevront, mais que je m'ennuierai à mourir auprès d'elles au bout de quelques mois.

Certes, le duc flattait sa mère, ce qu'elle appréciait beaucoup, mais il exagérait à peine : la duchesse n'avait pas seulement été l'une des plus belles femmes de la haute société, elle était devenue une véritable légende.

Les membres de la famille royale, les hommes politiques, tous adoraient la duchesse de Marazion.

Elle possédait un charme qui faisait de tous les hommes qui la rencontraient ses esclaves et, aussi incroyable que cela pût paraître, elle était également admirée des femmes.

En y réfléchissant, le duc comprenait qu'on ne pouvait pas être jaloux ou envieux d'une femme aussi chaleureuse et d'une telle générosité. Le bonheur de la duchesse et de son mari avait été si rayonnant qu'il en était contagieux. La duchesse avait le don de laisser croire à toutes les personnes qui se trouvaient en sa compagnie qu'elles étaient non seulement les plus importantes au monde mais aussi les plus intéressantes et les plus intelligentes. L'homme le plus ennuyeux devenait spirituel aux côtés de la duchesse, la femme la plus laide étincelait d'une beauté particulière, jamais révélée auparavant.

C'était une qualité que le duc n'avait jamais trouvée chez quelqu'un d'autre. Il estimait que sa mère était une femme exceptionnelle et qu'il n'en rencontrerait jamais de comparable. Inévitablement, dès que s'émoussait l'attirance physique, ses maîtresses perdaient leur charme et devenaient vite ennuyeuses.

La duchesse comprenait ce qu'éprouvait son fils. Comme son père avant lui, il recherchait la perfection, quelque chose d'incomparable : un nouveau défi à relever.

— Je savais que vous étiez différente de toutes les autres femmes, avait dit le troisième duc à la jeune fille qu'elle était alors.

Ils s'étaient rencontrés lors d'une chasse à courre. Elle montait un pur-sang beaucoup plus fougueux que les chevaux de son père, et le maîtrisait avec une remarquable adresse. L'excitation qu'elle ressentait lui avait fait monter le rouge aux joues et ses yeux étincelaient. Sa tenue de cheval était élimée et de coupe ordinaire, mais pour le duc, qui voyait la jeune fille pour la première fois, elle était l'incarnation même de la beauté et de tout ce dont il avait toujours rêvé. Cela avait été un véritable coup de foudre. Pourtant, chose incroyable, elle, fille d'un baronnet sans fortune, avait hésité avant d'accepter de l'épouser.

Il avait demandé sa main dans la petite pièce en désordre du manoir où elle vivait avec son père, avec seulement deux très vieux serviteurs.

— Vous êtes trop haut placé, trop important, avait-elle répondu.

— Quelle importance, puisque je vous aime ? s'était exclamé le duc. Et je sais que vous m'aimez aussi.

— Comment le savez-vous ?

— Je le vois à votre regard, avait-il répondu simplement, et je vous sens aussi troublée que moi, comme au premier jour, lorsque je vous ai parlé à la chasse.

— Sans que nous ayons été présentés ! avait-elle dit avec un sourire.

— C'est parce que je vous ai reconnue dès l'instant où je vous ai vue, avait déclaré le duc.

Elle comprenait parfaitement, car elle éprouvait les mêmes sentiments. Il avait fait partie de ses rêves depuis qu'elle était toute petite. Puis, soudain, il était apparu, magnifique, sur le plus beau cheval qu'elle eût jamais vu. Il lui avait souri et son cœur s'était mis à battre la chamade. Bien que la journée fût grise, elle avait eu l'impression d'être aveuglée par le soleil.

Plongée dans ses souvenirs, la duchesse serra inconsciemment la main de son fils. Puis elle le regarda et fut frappée une fois de plus par sa ressemblance avec son père.

— Oui, je vous souhaite de connaître le même bonheur que moi, dit-elle.

— Moi aussi, mère, mais cela ne m'est encore jamais arrivé et ne se produira peut-être pas.

La duchesse poussa un soupir.

— Auquel cas il ne me reste qu'à prier encore.

Il y eut un silence puis, sur un ton différent, la duchesse l'interrogea :

— Qu'en est-il de cette créature aux cheveux roux avec laquelle on vous a beaucoup vu ces derniers temps, à ce qu'il paraît ?

Le duc éclata de rire:

— Si les gens vous entendaient, mère, ils seraient horrifiés! La princesse passe pour la plus belle femme de Vienne.

— Elle passe pour un tas d'autres choses aussi, répliqua vivement la duchesse. Laissez-moi vous rappeler, Ervan, que les Autrichiens sont des maris très ombrageux lorsqu'il s'agit de leur honneur.

— Je sais, mère, répondit le duc. Aussi serez-vous soulagée d'apprendre que la princesse quitte Londres demain pour rejoindre son mari à Paris.

— Il était grand temps!

— Elle est très séduisante, ajouta le duc, et je ne veux pas entendre de propos malveillants à son égard.

Il esquissa un sourire en évoquant cette aventure qui avait été l'une des plus excitantes et des plus passionnées qu'il eût vécues. La princesse l'avait provoqué délibérément et avec une détermination qui ne pouvait qu'éveiller son intérêt. C'était une femme extrêmement sophistiquée, passionnée, exigeante et insatiable.

Il n'aurait pas été aussi admiré s'il n'avait pas fait preuve de virilité dans d'autres domaines que le sport. Cependant, il aurait été surpris d'apprendre combien les femmes soupiraient et rêvaient de lui en dormant à côté de leurs ennuyeux maris dépourvus du feu qu'elles devinaient chez lui.

Il était bien sûr attiré par les belles femmes et disposé à accepter les faveurs de celles qui ne cachaient pas à quel point il leur plaisait. Mais ceci n'avait rien à voir avec l'idéal qu'il gardait au fond de son cœur, un idéal qui s'était gravé dans son esprit dès qu'il avait compris que son père et sa mère s'aimaient à la folie.

Il avait grandi entouré de cet amour qui avait empreint ses pensées, ses sentiments et son âme. Ses parents avaient été heureux, et il se souvenait de leur rire illuminant son enfance.

Il pouvait plaisanter à présent avec sa mère et la rassurer : son aventure avec la princesse était terminée, consumée aussi vite qu'elle s'était enflammée.

— Alors, si vous n'êtes pas intéressé par sa fille, pourquoi allez-vous rendre visite au marquis de Buxworth ? reprit la duchesse.

— Il a quelques chevaux que j'aimerais voir, répondit le duc, et d'Arcy Armitage aussi.

— Des chevaux ! s'exclama la duchesse d'un ton méprisant. Les hommes pensent-ils jamais à autre chose ?

— Parfois, mère, et vous venez justement de vous en plaindre.

— Tout ce que je puis dire, c'est que je suis heureuse que cela soit fini avec la princesse, dit la duchesse en riant. Je me demande simplement qui va la remplacer.

— Moi aussi, répondit le duc en souriant, sous le regard mi-sérieux, mi-amusé de sa mère.

Confortablement assis devant le feu, à l'auberge, le duc se demandait à présent ce qu'il ressentirait s'il était marié : en rentrant chez lui après sa visite, ferait-il part à sa femme de ses impressions sur la mine de charbon, lui demanderait-il son avis ? Non, les femmes qu'il avait connues ne s'intéressaient pas le moins du monde à ce genre de questions. Toute conversation avec elles tournait invariablement et exclusivement autour du même sujet : elles et lui. Tout ce qui se trouvait en dehors du petit nuage rose sur lequel elles flottaient était à leurs yeux totalement dépourvu d'intérêt.

— A quoi pensent les femmes ? avait demandé un jour le duc à l'un de ses amis.

— A l'amour, Ervan, uniquement à l'amour, avait répondu celui-ci.

C'était parfait pour une soirée, ou pour une nuit ; à la rigueur pour une journée... Mais s'il devait parler d'amour au petit déjeuner, à midi, à l'heure du thé, au dîner et toute la nuit, il savait que ce serait trop... beaucoup trop. Il avait l'impression frustrante que toute conversation avec une femme revenait très vite sur la question des sentiments qu'ils éprouvaient l'un pour l'autre.

Dans ce cas, quel intérêt y a-t-il à se marier ? se demandait-il à juste titre. Devrai-je aller au club pour avoir une conversation intellectuelle ou enrichissante, ou inviter mes amis à un dîner entre hommes ?

Il n'avait pas trouvé la réponse et avait finalement résolu de profiter de sa vie de célibataire, qui était au demeurant fort agréable.

L'aubergiste vint lui annoncer que le dîner était prêt. Il était suivi de deux jeunes femmes replètes coiffées de bonnets. Elles étaient d'une propreté impeccable et avaient sans doute soigné particulièrement leur tenue pour le servir.

Le premier plat était une soupe, que Hanson avait dû préparer selon une recette connue de lui seul. Le duc avait faim et n'en laissa pas une seule goutte.

Le plat suivant consistait en un gigot de mouton, un peu trop cuit, mais mangeable. Puis vint un pigeon farci, mijoté exactement comme il l'aimait.

Le duc fit pleinement honneur à tous ces plats mais ne prit que très peu de charlotte, et seulement une ou deux bouchées du fromage qui clôtura son repas.

Il accepta un verre de brandy de quelques ans d'âge, qui était plutôt meilleur que le bordeaux.

Après avoir félicité l'aubergiste, le duc quitta la table pour s'installer à nouveau devant le feu, mais très vite, il sentit le sommeil le gagner. Il pensa que, si le brouillard se levait pendant la nuit, il pourrait partir de bonne heure. Le mieux était donc d'aller se coucher tout de suite.

Durant le dîner, il avait demandé si par hasard on avait des nouvelles du fourgon et des autres domestiques. L'aubergiste avait secoué la tête.

— Trois autres voyageurs se sont arrêtés ici à cause du brouillard, Sir, et c'est pour nous un plaisir de les héberger. (Il rit bruyamment avant d'ajouter :) Ils disent tous par ici que le vent souffle trop fort pour les affaires mais pour nous, ce brouillard est une bénédiction !

Il quitta la pièce en riant de sa plaisanterie. Le duc espérait que si le brouillard se levait, ses domestiques le rattraperaient le lendemain matin. De toute façon, il était inutile de s'inquiéter pour eux. Lorsqu'ils arriveraient chez le marquis de Buxworth, on leur dirait qu'il n'y était pas et ils le suivraient jusque chez lord d'Arcy Armitage.

En montant l'escalier, il entendit deux hommes discuter dans la salle commune et aperçut une femme qui lui tournait le dos.

Malgré l'heure tardive, elle n'avait pas fini de dîner. Sans doute l'aubergiste avait-il fait attendre les autres voyageurs pour le servir en priorité. Songeant au capitaine Daltry, il se demanda si lui et ses experts avaient été également retardés par le brouillard.

Dans la chambre, sa chemise de nuit en soie était étalée sur une chaise devant l'âtre, à côté de la longue robe de chambre de velours. Les nuits étaient souvent froides à la campagne, et il appréciait ce vêtement confortable lorsqu'il voyageait.

Il se dévêtit, jeta son habit sur une chaise et enfila sa chemise de nuit et sa robe de chambre pour s'asseoir devant le feu. Un feu de cheminée a quelque chose de chaleureux qui rend accueillante la chambre la plus inconfortable.

Lorsqu'il était enfant, les hivers au pensionnat étaient souvent très rigoureux et, lorsqu'il revenait chez ses parents en vacances et trouvait un feu dans sa chambre, il éprouvait une joie dont il se souvenait encore.

Il se disait que le froid et les privations dont il avait souffert en pension l'avaient endurci, et lui avaient permis d'accomplir tout ce en quoi il avait excellé par la suite.

— Une vie facile ramollit les hommes, lui avait dit un jour un soldat.

Bien qu'il appréciât le confort, le duc avait dû admettre qu'il n'avait pas tort. Les trains risquaient de ramollir le peuple britannique. Les hommes voyageraient assis dans des wagons et n'exerceraient plus leurs muscles en montant à cheval et en affrontant la rigueur des éléments.

Quoi qu'il advienne, pensa le duc, notre nation doit garder sa force et son endurance.

Il se demanda s'il devait ou non éviter d'encourager l'extraction du charbon pour continuer à se concentrer sur l'élevage des chevaux. Mais personne ne pouvait arrêter le progrès. Les choses évoluaient depuis la nuit des temps, depuis que l'homme avait inventé la roue...

Des brouettes, des charrettes, des voitures et maintenant des trains. Qu'y aura-t-il ensuite ? se demanda-t-il. Il se souvint des ballons à Vauxhall Gardens et pensa que l'étape suivante se passerait peut-être dans le ciel. Il interrompit ses réflexions, jugeant qu'il avait trop d'imagination et qu'il ferait mieux d'aller dormir.

Il se leva et, au même instant, entendit frapper, si doucement qu'il crut s'être trompé. Comme il ne répondait pas, attendant que l'on frappe à nouveau, la porte s'ouvrit. Ce n'était pas celle qui donnait sur le couloir, mais la porte d'une des deux autres chambres qu'il avait louées.

Dans les vieilles auberges comme celle-ci, la plupart des chambres communiquaient ; c'était l'une des raisons pour lesquelles le duc avait l'habitude de louer plusieurs pièces attenantes. Mais il aurait dû vérifier que le verrou était tiré.

A la grande surprise du duc, une jeune fille apparut dans l'encadrement de la porte. Elle avait des cheveux blonds qui retombaient en cascade sur ses épaules et portait un joli déshabillé bleu boutonné devant, orné d'un petit col de dentelle.

Il la regarda avec étonnement.

Alors qu'il s'attendait à ce qu'elle reculât immédiatement en murmurant un mot d'excuse, elle entra dans la chambre et referma la porte derrière elle.

— Je vous en prie, dit-elle, cela vous dérangerait-il beaucoup... si je restais avec vous... une minute ou deux ? (Elle vit l'air surpris du duc et s'empressa d'ajouter :) Je crois qu'un homme veut... s'introduire dans ma chambre... et je ne sais que faire.

— Un homme ? demanda le duc. Vous voulez dire un voyageur ?

La jeune fille — presque une enfant — s'avança jusqu'à la cheminée. Puis elle dit à voix basse :

— Il m'a parlé, en bas... et, bien que je sois restée froide et hautaine, il s'est assis à ma table et m'a offert un verre de porto.

Elle parlait calmement mais le duc voyait à son regard qu'elle était effrayée. Ses doigts se crispèrent nerveusement.

— Je n'avais pas tout à fait fini mon repas, poursuivit-elle, mais... pour éviter des désagréments, je me suis levée et j'ai dit bonsoir.

— A-t-il répondu ?

— Il est resté assis mais il a dit : « Je vous rejoins dans quelques minutes. »

La jeune fille se tut pour reprendre son souffle et, devant le silence du duc, elle reprit :

— J'ai eu très peur pendant un moment. Puis, en arrivant dans ma chambre, j'ai pensé que si je m'enfermais, je n'avais rien à craindre.

— Pourquoi ne l'avez-vous pas fait ?

— Il y a un verrou, dit-elle, mais pas très solide, et je crois qu'on pourrait facilement forcer la porte. (Elle marqua un temps d'arrêt avant de poursuivre :) C'est stupide de ma part, mais je n'y ai pas songé avant de m'être changée pour la nuit. Puis j'ai entendu sa voix. Il parlait à son compagnon de voyage.

Ses doigts se crispèrent davantage.

— C'est alors que j'ai vraiment eu peur... de ce qui pourrait arriver et... quand j'ai vu la porte de communication... j'ai pensé que je pourrais me cacher.

— Et vous êtes entrée dans la chambre attenante à la mienne !

— Oui. Et lorsque j'ai vu de la lumière sous la porte, j'ai su que... vous m'aideriez.

— Comment cela ?

— Je vous ai vu lorsque vous êtes descendu pour dîner.

— Et, m'ayant aperçu un bref moment, vous avez pensé que vous pouviez me faire confiance ?

Elle eut un sourire qui illumina son visage.

— Vous aviez l'air d'un... royal.

— Vous voulez dire que vous m'avez pris pour un prince ou un roi ?

— Non, ce n'est pas cela... Un royal à douze andouillers, dit-elle en souriant.

— Vous voulez dire un cerf ! s'exclama le duc qui savait qu'on appelait ainsi les grands cerfs.

Elle sourit à nouveau et le duc s'aperçut qu'elle était très jolie ; il y avait en elle quelque chose de féerique.

— Je crois que je vous dois une explication, dit-elle. Je compare souvent les gens que je rencontre à des animaux... et l'homme qui me poursuit est de toute évidence un dangereux... sanglier !

Le duc rit. Puis il la vit poser un doigt sur ses lèvres et il tendit l'oreille.

Le plancher du couloir était nu et on entendait des pas à l'extérieur. Puis, des coups secs résonnèrent contre une porte, un peu plus loin.

Le duc savait que l'homme devait lui aussi écouter attentivement.

Il y eut d'autres coups, puis le grincement de la clenche qui se soulevait. Quelques secondes plus tard, ils entendirent un craquement étouffé, comme si l'homme avait appuyé son épaule contre la porte pour forcer la serrure puis, ayant réussi, s'était efforcé de faire le moins de bruit possible.

Le duc remarqua l'air effrayé de la jeune fille. Elle était livide.

— Comment est-ce possible ? demanda-t-elle. Je n'imaginais pas qu'un homme puisse faire une chose pareille.

La voyant terrorisée, le duc lui proposa de s'asseoir. Elle tremblait de tous ses membres.

— Restez là. Vous ne risquez rien ici et je ne le laisserai pas approcher.

Il s'apprêtait à aller trouver l'homme dans le couloir et lui dire ce qu'il pensait de lui. Mais après réflexion, il décida qu'il valait mieux éviter de causer un scandale, dans l'intérêt de la jeune fille. Si la pièce était vide, l'intrus partirait de lui-même.

— Vous ne craignez rien, répéta-t-il d'une voix apaisante. Lorsqu'il sera parti, nous veillerons à ce qu'il ne puisse plus venir vous ennuyer.

— Oh merci ! Merci. Je savais que je pouvais vous faire confiance et que vous m'aideriez.

— Je suis flatté d'avoir pu vous donner cette impression, dit le duc. Mais vous ne voyagez pas seule, sûrement ? Ou vous êtes-vous perdue dans le brouillard ?

— J'attendais la malle-poste au croisement, dit-elle, à environ cinq kilomètres d'ici. Voyant qu'elle ne venait pas et que le brouillard s'épaississait, j'ai marché jusqu'ici. J'ai pensé que lorsque la malle arriverait, les voyageurs voudraient se restaurer pendant qu'on changeait les chevaux et, s'il était vraiment tard, qu'ils passeraient la nuit ici.

— La malle-poste est donc perdue dans le brouillard ! commenta le duc. Cela ne me surprend pas. Mais où allez-vous ainsi toute seule ?

— A Londres.

— A Londres ? répéta le duc. La route est bien longue. N'êtes-vous donc pas accompagnée ?

Elle se tourna vers la porte et il eut l'impression qu'elle rougissait.

— Ce n'est peut-être pas très correct, mais en fait, je n'avais personne à qui demander de m'accompagner.

La façon dont elle avait parlé éveilla l'attention du duc.

— Il me semble que vous vous enfuyez, remarqua-t-il d'une voix posée.

Devant son silence, il insista.

— Vous êtes-vous enfuie de l'école ? Si c'est le cas, il faut que je vous y raccompagne.

— Non, je n'ai pas fui l'école, dit-elle avec précipitation. Et vous n'avez pas à intervenir. Tout ira bien si je peux rester ici jusqu'à ce que... cet homme... soit parti.

— Et si vous en rencontrez d'autres comme lui, demain, ou après-demain ?

Elle se tourna vers lui :

— Mais... tous les hommes... ne sont sûrement pas comme cela. Après tout, il ne m'avait jamais vue avant ce soir.

Le duc faillit sourire devant l'innocence de cette remarque mais il dit d'un ton qu'il voulait sévère :

— Une jeune femme honnête ne saurait voyager seule. Certes, vous seriez peut-être en sécurité dans la malle-poste, en compagnie d'autres femmes à qui vous pourriez demander de l'aide. Mais ce qui s'est passé ce soir peut se reproduire : vous vous trouvez seule dans une auberge avec trois étrangers, tous des hommes.

— Mais... vous êtes différent.

— C'est gentil à vous de me le dire. Pourtant, je pourrais moi aussi être un sanglier, comme cet homme qui vient de s'introduire dans votre chambre.

Elle secoua la tête en riant, et il remarqua qu'elle avait une fossette à la joue droite.

— Non. Vous êtes un royal. Je l'ai su dès que je vous ai aperçu.

— Cela me comble d'aise, dit le duc. Mais expliquez-moi pourquoi vous comparez les gens aux animaux ?

— C'est ainsi que je les dessine.

— Vous les dessinez ?

— Je suis décidée à devenir artiste, expliqua la jeune fille. C'est la raison pour laquelle je vais à Londres. Je suis absolument certaine que si je trouve un professeur ou si je peux suivre des cours de peinture, je pourrai vendre mes tableaux et gagner ma vie.

— Pourquoi voudriez-vous faire une chose pareille ?

— Parce que j'en ai assez de recevoir des ordres et de devoir faire des choses dont je n'ai pas envie. Bien que je sois déchirée à l'idée d'abandonner mes chevaux, il faut absolument que j'acquière mon indépendance.

— Mais c'est impossible, pour une femme !

— Pourquoi cela ? demanda-t-elle avec véhémence. Les hommes peuvent faire ce qu'ils veulent mais les femmes n'en ont pas le droit. Elles sont méprisées, enfermées et maltraitées. Il n'y a pas d'autre mot : on les maltraite depuis le jour de leur naissance.

Elle s'exprimait avec tant de fougue ; pourtant, elle paraissait si jeune et si frêle, avec ses longs cheveux dénoués. Si fragile et si féminine.

— Écoutez, dit le duc, il faut être raisonnable.

— Pourquoi le serais-je ?

— Parce que vous ne pourrez pas voyager seule sans vous faire insulter par des hommes comme celui qui vous a abordée en bas.

— Il est injuste qu'il y ait une loi pour les hommes et une autre pour les femmes.

— C'est une revendication vieille comme le monde, dit le duc, mais vous n'y pouvez rien.

La jeune fille poussa un soupir.

— Une femme est d'abord brimée par son père, puis par son mari. Comment pourrai-je un jour être moi-même et mener ma vie comme je l'entends si je ne suis pas assez riche pour ne dépendre de personne ?

— Aussi riche que vous soyez, vous ne pouvez pas être indépendante à votre âge, répliqua le duc.

— Vous vous trompez et j'ai l'intention de le prouver.

Le duc resta un instant silencieux, puis leva les yeux vers la jeune fille.

— Essayez de retourner dans votre chambre et d'affronter celui qui s'y trouve.

Elle lui lança un regard étincelant.

— C'est injuste et mesquin de votre part !

— Pardonnez-moi, dit le duc en riant, j'essayais seulement de vous faire comprendre que vous aviez besoin de quelqu'un qui s'occupe de vous.

— Y aurait-il vraiment une différence si une vieille femme m'accompagnait et me couvait comme une mère poule ?

— Certainement. Vous seriez chaperonnée et un inconnu n'oserait pas vous adresser la parole.

— C'est ridicule !

— Ce n'est pas moi qui ai fait les conventions sociales et je ne pense pas avoir le pouvoir de les modifier.

— Alors, que dois-je faire ? demanda-t-elle avec désespoir.

— Retourner chez vous et y rester tant que vous n'aurez pas appris à mieux vous organiser. Et la prochaine fois, évitez de vous laisser piéger par le brouillard !

— Mais je ne peux pas — ou plutôt je ne veux pas — rentrer chez moi !

— Dans ce cas, dit le duc, royal ou pas, je crois bien que je vais devoir vous abandonner à votre sort.

Elle le regarda avec appréhension.

— Qu'allez-vous faire ?

— Je désire me reposer, dit le duc. Mais si vous le voulez, vous pouvez occuper la pièce vide par laquelle vous êtes entrée, ou bien celle qui se trouve de l'autre côté. Je les ai louées afin de pouvoir dormir... sans être dérangé !

Elle sourit à ces derniers mots.

— Je vous promets de ne pas ronfler et de ne pas faire de bruit.

Elle marqua un temps d'arrêt avant de poursuivre :

— Je tiens à vous dire que je vous suis extrêmement reconnaissante. Vous êtes aussi gentil que je l'avais prévu.

— Tout cela est fort bien, mais maintenant, je me sens un peu responsable de vous, répondit le duc. Après tout, ceci peut se reproduire demain soir.

Elle poussa un petit cri.

— Oh, non ! Vous ne seriez plus là.

— Alors, pourquoi ne pas rentrer chez vous ?

Il y eut un long silence et il comprit qu'elle réfléchissait à ce qu'elle allait lui répondre.

— Cela... m'est impossible, dit-elle enfin.
— Pourquoi ?
Il devina, en observant son visage tandis qu'elle cherchait ses mots, qu'elle n'allait pas lui dire la vérité.

2

Le duc attendit.

Soudain, comme si elle venait de trouver un moyen pour détourner la conversation, la jeune fille déclara :

— Je voudrais vous montrer quelque chose qui vous expliquera la raison de mon voyage à Londres ; j'aimerais aussi que vous me donniez votre avis.

Le duc fronça les sourcils.

— Ce sont quelques dessins et tableaux que j'ai faits. Ils sont dans ma chambre.

Elle regarda vers la porte avec appréhension et le duc comprit qu'elle avait peur d'y retourner.

— Je vais les chercher, dit-il. Où sont-ils ?

— Dans un sac en toile appuyé contre une chaise, devant la fenêtre.

Le duc se leva.

— Avant que nous ne poursuivions, il me semble que vous devriez me dire votre nom.

— Ilitta... Calvert.

Elle avait hésité à dire son nom de famille, et il comprit qu'elle se demandait si elle devait lui dire la vérité. Peut-être connaissait-il sa famille ?

Il ne dit rien et ouvrit la porte qui donnait sur la chambre vide. Il la laissa ouverte afin d'être éclairé par la lumière de sa propre chambre, et se rendit dans l'autre pièce.

Comme il s'y attendait, l'homme qui la poursuivait était parti. Mais la porte donnant sur le couloir était ouverte et la serrure avait été forcée.

Le duc serra les lèvres et songea qu'il devait être fort déplaisant pour une femme d'être ainsi insultée par un inconnu.

Il savait que cela arrivait souvent, et que les douairières en rejetaient le blâme sur la victime et non sur l'agresseur.

Le duc était convaincu que c'était souvent injuste, mais l'argument avancé était très simple : aucune femme ayant le souci de sa vertu et de sa réputation ne saurait s'exposer à être ainsi abordée par un homme.

Il jeta un regard circulaire et aperçut la valise d'Ilitta. Elle était ouverte et à côté, appuyé contre la chaise, il trouva effectivement un grand sac en toile.

En le ramassant, il sentit une odeur agréable et fraîche qui lui rappela celle des fleurs printanières.

Il doutait qu'une femme seule eût les moyens de s'offrir du parfum. Pourtant, d'après son apparence, bien qu'il ne l'eût vue qu'en chemise de nuit, il était certain qu'Ilitta n'était pas dans le besoin. Alors pourquoi allait-elle seule à Londres pour y gagner sa vie ?

La réponse était évidente : ses vêtements avaient dû lui être offerts par un ardent admirateur, peut-être son amant, qui l'avait par la suite quittée sans se préoccuper de son avenir.

Toutefois, le duc connaissait assez les femmes pour savoir qu'Ilitta était innocente et sans expérience. Elle avait sans aucun doute dit la vérité en affirmant qu'elle ne s'attendait pas à ce qu'un parfait inconnu l'aborde et essaie de la rejoindre jusque dans sa chambre.

Je n'ai pas la moindre envie d'être impliqué dans cette histoire, pensa-t-il. Il faut qu'elle rentre chez elle. C'est la seule solution.

Il songea avec ironie que l'attitude d'Ilitta illustrait les idées modernes de la jeune génération : une femme, même issue de la noblesse, voulait à tout prix gagner de l'argent plutôt que d'épouser un homme qui pourvoirait à ses besoins. Une fois de plus, c'était la rançon du progrès ! Mais il jugeait ces idées critiquables et ne souhaitait pas les encourager.

Il retourna dans sa chambre et le visage d'Ilitta s'éclaira à la vue de ce qu'il portait. Elle l'interrogea d'un air tendu :

— L'homme s'est-il introduit dans ma chambre ?

— Il a forcé la serrure, et la porte donnant sur le couloir est ouverte.

— Merci ! merci de m'avoir permis de rester avec vous ! Si vous aviez refusé, j'aurais été terrifiée.

— A juste titre, remarqua le duc. Et comme c'est une chose qui peut se reproduire souvent, plus vite vous redeviendrez raisonnable et rentrerez chez vous, mieux cela vaudra.

Il vit un éclair de défi dans son regard. Elle ouvrit la bouche et s'apprêta à répliquer vivement, puis elle se ravisa et lui dit doucement :

— Laissez-moi vous montrer mes dessins, s'il vous plaît. Je peux me tromper, mais j'ai le sentiment que vous vous y connaissez en art.

Son intuition était juste. Le duc était un mécène et sa collection privée était célèbre. La Reine elle-même le consultait souvent lorsqu'elle souhaitait acheter des tableaux pour Buckingham Palace ou Windsor Castle.

Le duc avait aussi conseillé la Reine et le Prince Consort quant aux choix des artistes chargés de faire leurs portraits. Ses conseils avisés avaient toujours entièrement satisfait Leurs Majestés.

Ilitta posa son sac devant le feu et s'agenouilla à côté, tandis que le duc s'installait dans le seul fauteuil de la pièce et s'asseyait confortablement.

Ilitta sortit du sac une petite toile, et déclara :

— Je veux que vous soyez parfaitement sincère. Si

vous pensez que je n'ai aucun talent, dites-le-moi franchement.

Le duc avait vu bien des aquarelles lorsque la peinture était devenue un passe-temps à la mode chez les dames désœuvrées, et il avait toujours pensé que les amateurs feraient mieux de laisser l'art aux professionnels et de trouver d'autres loisirs.

Il s'attendait donc à découvrir une peinture à l'huile médiocre ou une aquarelle sans relief.

Il tendit la main sans rien dire et Ilitta lui donna la toile.

— C'est mon cheval, expliqua-t-elle. Je l'ai eu lorsqu'il était poulain et je l'aime plus que tout au monde.

Le tableau n'était pas très grand, mais d'une remarquable facture. Il représentait un jeune pur-sang, et le duc fut frappé par la vigueur de la composition, la justesse du trait. Ilitta avait su éviter le principal défaut des peintres animaliers — et des portraitistes : son cheval n'était pas figé, il était sur le point de partir au grand galop ; on sentait qu'il venait de retrouver la liberté et qu'il était heureux de quitter l'écurie. Tous ses muscles étaient tendus et il était évident qu'il était prêt à filer comme une flèche.

Le duc ne dit rien. Il regarda simplement la toile. Bien sûr, elle avait quelques défauts imputables à l'inexpérience, mais Ilitta avait du talent : elle savait capter le mouvement et la vie.

Il ne fit pas de commentaire mais tendit la main. Ilitta lui présenta une autre toile, très différente de la première : une étude de lapins dans un sous-bois. Deux d'entre eux semblaient avoir flairé un danger imminent. Ils étaient assis, alertes, prêts à détaler en une fraction de seconde, tandis que les autres ignoraient encore ce qui allait se produire.

C'était une idée intéressante et les rayons du soleil qui filtraient à travers les arbres et teintaient leurs écorces d'or étaient exécutés avec une grande maîtrise.

Le duc tendit à nouveau la main.

— Ce sont les deux seules toiles que j'ai emportées, dit Ilitta. Mes autres tableaux ont été encadrés par une de mes gouvernantes et il me semblait dommage de les décrocher.

— Vous n'avez vraiment rien d'autre ? insista le duc.

C'étaient ses premiers mots depuis qu'Ilitta lui avait montré ses toiles.

Elle fouilla dans le sac.

— Ce que j'ai là vous surprendra peut-être...

— J'aime les surprises, dit le duc en souriant.

— Très bien. Il s'agit de portraits que j'ai faits, à leur insu, de gens qui venaient souvent chez mes parents.

Elle sortit une feuille de papier à dessin épais et la tendit au duc. Il comprit alors parfaitement ce qu'elle voulait dire lorsqu'elle prétendait le voir sous la forme d'un cerf.

L'homme qu'elle avait dessiné était en habit de soirée, mais sa tête était celle d'un chien de chasse. C'était une très bonne caricature et le duc était sûr qu'il reconnaîtrait immédiatement cet homme s'il le rencontrait.

Ilitta n'attendit pas son approbation et lui tendit simplement un nouveau dessin. Celui-ci représentait un homme ventripotent, sanglé dans des vêtements étriqués ; la tête était celle d'un taureau déjà vieux, à l'air plutôt doux.

Le dessin était admirable et du plus haut comique, et le duc éclata de rire. Soulagée, Ilitta lui demanda à brûle-pourpoint :

— Vous n'êtes pas choqué ?

— Bien sûr que non ! C'est très habile. Où diable avez vous appris à faire des choses pareilles ?

— Je n'ai pas appris, c'est bien ce qui m'ennuie, dit Ilitta. J'ai supplié papa de me faire donner des leçons de dessin mais il m'a répondu que ce serait une dépense parfaitement inutile.

Elle avait parlé avec amertume et le duc lui dit gentiment :

— Vous n'avez guère besoin de leçons.

— Mais si ! rétorqua-t-elle fermement. Je suis parfaitement consciente de mes imperfections. Je dessine ce que je ressens et ce que je vois, mais je sais que, techniquement, j'ai beaucoup à apprendre.

— Et que ferez-vous ensuite ?

Ilitta sourit.

— Lorsque je dis que je voudrais vendre mes tableaux, ce n'est pas tout à fait vrai. Ce serait seulement pour pouvoir payer un professeur de dessin. Cependant, j'aimerais avoir le sentiment d'accomplir quelque chose d'utile. Il me semble que, si j'arrive à peindre les animaux que j'aime et qui comptent tant pour moi, cela encouragera peut-être les gens à se montrer moins cruels envers les chevaux et les bêtes qu'ils ne tuent que par plaisir.

Le duc la regarda d'un air consterné.

— Vous ne faites pas partie de ces nouveaux penseurs qui protestent parce qu'on tue des animaux et qui prétendent, comme les bouddhistes, que tout le monde devrait manger de l'herbe ?

— Non, je ne suis pas aussi intransigeante, dit Ilitta en riant. Mais si on tue un animal pour une raison valable, j'estime qu'il faut le faire en lui épargnant les souffrances. Je ne pense pas que ce soit la mort qui importe, car elle est de toute façon inéluctable. Ce qui est insupportable, c'est la douleur ! Un animal blessé ressent la souffrance, tout comme un être humain.

Le duc regarda les dessins posés sur ses genoux.

— Je comprends vos arguments. Cependant, il y a différentes façons de faire souffrir. Avez-vous songé à ce qu'éprouveraient ces hommes que vous avez représentés avec tant d'habileté, et non sans cruauté, s'ils voyaient la façon dont vous les avez dessinés ?

— Les gens ont été caricaturés et tournés en ridicule depuis l'époque de George IV.

— Je le sais, mais je ne pense pas que cela leur fasse plaisir.

— Mais je ne dessine que les hommes qui devraient apprendre à reconnaître leurs erreurs !

— Selon vous, dit le duc d'un ton sarcastique.

— Ce que vous dites n'est pas gentil, répondit Ilitta. Et vous allez sans doute ajouter que je perds mon temps...

— Je ne pourrais jamais dire une chose pareille, répliqua le duc. Vos dessins sont étonnants et j'ai du mal à croire que vous n'ayez suivi aucun cours ou que vous ne vous soyez pas fait aider par un artiste professionnel.

Ilitta ouvrit de grands yeux :

— Vous voulez dire que vous les trouvez bons ?

— Très bons. Ils sont même excellents.

Pendant un moment, elle resta sans voix et le regarda, incrédule. Puis elle joignit les mains et s'exclama :

— Est-ce possible ? Parlez-vous sincèrement ?

— Je trouve que le cheval, de même que les lapins, sont de merveilleuses esquisses, très vivantes. Vous avez le don de fixer le mouvement sur la toile. Il n'y a que votre façon de représenter les humains qui m'inquiète un peu !

Le visage d'Ilitta s'illumina.

— Je vous ai déjà dit que je vous voyais comme un royal, dit-elle, et rien ne saurait être plus flatteur à mon sens.

— J'y suis très sensible, mais vous êtes une femme, or, nul n'appréciera d'être tourné en dérision par une personne du sexe faible.

Les yeux d'Ilitta brillèrent et il comprit qu'elle aurait aimé le contredire. Mais elle se contenta de prendre un autre dessin dans son sac et de le lui tendre. Cette fois, il s'agissait d'un portrait de femme.

Un coup d'œil lui apprit qu'elle avait été impitoyable, dans son style inimitable.

La femme était habillée très élégamment, à la dernière mode, sa large jupe s'épanouissant à partir d'une taille de guêpe. Une mantille en dentelle retombait délicatement sur ses épaules. Mais son long cou de cygne s'achevait en une tête de chat.

C'était un chat aux yeux de femme, avec des lèvres de femme entrouvertes et provocantes. Une expression de cupidité, de jalousie et de méchanceté se lisait sur le visage félin, qu'elle s'efforçait en même temps de rendre séducteur.

C'était si cruel et pourtant si bien analysé que le duc crut voir une caricature de Gillray ou de Rowlandson. Il avait du mal à croire qu'un être aussi jeune qu'Ilitta eût dessiné quelque chose d'aussi remarquable.

Il pensa soudain qu'il avait peut-être été trompé et que, le sachant protecteur des arts, Ilitta était en réalité une comédienne payée pour éveiller son intérêt pour le compte d'un artiste méconnu. Cependant, personne ne pouvait prévoir qu'il y aurait du brouillard ce soir-là, ni qu'il s'arrêterait dans cette auberge.

D'ailleurs, il n'y avait qu'à regarder Ilitta pour comprendre qu'elle était totalement sincère et incapable d'une telle duplicité. Le duc avait l'impression de lire dans ses pensées.

Il posa le portrait de la femme à tête de chat et demanda :

— Avez-vous autre chose dans votre boîte de Pandore ?

Elle secoua la tête.

— Je suis partie en coup de vent et je n'ai pris que ce qui m'est tombé sous la main, des dessins que je venais de terminer. J'aurais sans doute dû en emporter davantage.

— Je crois que vous avez là de quoi convaincre le plus exigeant des mécènes. Vous avez beaucoup de talent.

— Vous croyez ? Mais c'est merveilleux ! C'est ce que j'ai toujours désiré entendre mais mes dessins suscitent un tel dédain à la maison que j'ai fini par douter de moi-même.

— Eh bien, vous n'avez plus à douter, dit le duc, mais je n'approuve pas votre démarche. Vous devriez plutôt persuader votre père de vous laisser aller à Londres convenablement chaperonnée, pour y trouver le professeur approprié.

Il vit à l'expression d'Ilitta qu'elle ne se faisait aucune illusion à ce sujet. Il s'était promis de ne pas s'en mêler, mais il se surprit à ajouter :

— Je pourrais même vous recommander une personne qui saura vous enseigner les détails techniques nécessaires pour vous perfectionner.

— Et vous pensez... que je pourrais vendre mes tableaux ?

N'importe quelle revue serait prête à accepter ses caricatures, si elle s'en prenait à des célébrités, songea le duc. Elles feraient sensation et Ilitta serait certainement mise au ban de la société, mais elle gagnerait sa vie, et c'était manifestement ce qu'elle voulait.

Puis il se dit qu'il n'avait pas le droit d'encourager une aussi jeune fille dans cette voie. En outre, il était certain qu'elle était de bonne famille et que sa vocation ne pourrait que lui faire perdre l'estime de ses proches et leur attirer des ennuis.

D'un autre côté, il aimait découvrir de nouveaux talents et, avec son aide, elle pourrait exposer ses œuvres à l'Académie royale.

Lors de la dernière réunion, il avait déclaré de façon péremptoire :

— Je suis écœuré de ces portraits de femmes qui ressemblent à des pièces montées, et d'hommes si couverts de médailles qu'on croirait les entendre cliqueter !

Devant cet éclat, les autres membres avaient baissé le nez.

— Nous devons veiller à maintenir notre réputation, Votre Grâce, avait dit l'un d'eux sur un ton de reproche.

— Bien sûr, sir Joshua, avait répondu le duc. Mais rien n'est plus lassant que de voir toujours les mêmes portraits exécutés par les mêmes artistes et suspendus à tous les murs. Certes, préservons la tradition, mais ouvrons aussi nos portes aux idées nouvelles et aux jeunes talents.

Il savait, en s'exprimant ainsi, qu'il s'attirerait la réprobation générale : tous tenaient jalousement au style qu'ils connaissaient, et n'avaient aucune envie de se lancer dans l'inconnu.

Mais, de même qu'il avait toujours voulu conquérir des sommets invaincus ou explorer des terres vierges, il était attiré par la nouveauté, l'imprévu, même s'il ne savait pas exactement lui-même ce qu'il recherchait.

Quant à Ilitta, il lui serait difficile de l'aider si elle n'avait pas l'autorisation de ses parents. Sans leur consentement, elle ne pourrait qu'être perdue et désemparée. On ne pouvait pas la laisser vivre seule à Londres.

— A quoi pensez-vous ? demanda-t-elle.

— A vous, répondit le duc. Vous êtes, je le pense sincèrement, une artiste exceptionnelle, mais vous êtes aussi une jeune fille de bonne famille. Vous devez rentrer chez vous et trouver un autre moyen de vous rendre à Londres.

Ilitta ne répondit pas. Elle se contenta de ramasser ses dessins et ses tableaux et de les ranger dans son sac en toile. Puis, sans un mot, elle se leva.

Il la regarda pensivement. Avec ses cheveux dénoués et sa chemise de nuit bleue, elle avait l'air très jeune et, songea-t-il pour la première fois, ravissante. Il comprenait qu'un homme, la voyant seule en bas, l'eût désirée et l'eût considérée comme une proie facile.

Elle ne possédait pas les traits classiques que le duc avait toujours associés à la beauté ; les femmes qu'il admirait habituellement n'avaient pas la fragilité et la minceur de la jeune fille. Elle semblait immatérielle, irréelle ; mais quand elle souriait et montrait ses fossettes, elle avait un petit air malicieux et redevenait une gamine espiègle.

Elle rompit le silence qui s'était installé entre eux et dit simplement :

— Merci beaucoup d'avoir été si bon avec moi et de m'avoir encouragée.

— Vous retournez dans votre chambre ?

— Je suis certaine que vous voulez dormir et... tout ira bien maintenant.

Sa voix avait tremblé légèrement, et le duc ne manqua pas de le remarquer.

— Je crois qu'il vous sera difficile de vous reposer, sachant que votre serrure a été forcée. Puis-je vous suggérer de dormir ici ? J'irai, moi, dans la pièce à côté.

Ses propres paroles le surprirent. Il était rare qu'il se montrât si prévenant à l'égard de quelqu'un qu'il venait à peine de rencontrer. Mais pour une raison qui lui échappait, il se sentait le devoir de protéger cette enfant écervelée qui s'était mise dans une situation difficile. Si elle continuait à agir avec autant d'imprévoyance, elle irait au-devant d'ennuis plus sérieux encore.

— Non... je vous remercie, dit vivement Ilitta. Je ne saurais accepter.

Elle marqua un temps d'arrêt puis ajouta :

— Mais je vous serais reconnaissante si vous... me laissiez dormir dans la pièce voisine. Il y a peut-être un bon verrou.

— J'en suis certain, dit le duc, mais je vous laisserai volontiers dormir ici si vous le souhaitez.

— Vous avez été très bon pour moi, dit-elle. Je vous remercie de ne pas m'avoir renvoyée lorsque je suis venue vous trouver.

— Il n'en était pas question ! s'exclama le duc. Mais je vous en prie, écoutez mon conseil et rentrez chez vous.

Ilitta détourna les yeux.

— C'est impossible, dit-elle. Je vous assure que je ne peux pas rentrer à la maison pour le moment.

Le duc n'avait pas bougé de son fauteuil. Soudain, il eut une idée :

— Vous avez un regard très pénétrant lorsque vous caricaturez les gens. Êtes-vous aussi perspicace quand il s'agit d'inconnus ?

— En général, oui, répondit Ilitta. Parfois, ils cachent très bien leur vraie personnalité. Et c'est très amusant de les démasquer ! (Elle rit avant de poursuivre :) Le résultat est souvent déconcertant. La plupart du temps, l'idée me vient instinctivement et j'en suis la première surprise. Il y a quelque temps, lors d'un dîner, j'étais assise à côté d'un homme, quand tout à coup, je me suis rendu compte que c'était un chameau.

Elle rit à nouveau, d'un rire espiègle et juvénile.

— Je n'avais encore jamais rencontré de chameau, sauf au zoo, et voilà qu'il y en avait un à côté de moi, qui ruminait, le regard vide et l'air stupide !

— Je suppose que vous ne lui avez pas fait part de votre découverte ? demanda le duc en éclatant de rire.

— Non, bien entendu, répondit Ilitta. Je ne suis pas si méchante ! Mais je ne pourrai plus jamais le regarder sans l'imaginer foulant les sables du désert.

— J'ai une idée qui vous paraîtra peut-être irréalisable, dit le duc. Dans ce cas, je veux que vous me le disiez immédiatement.

— De quoi s'agit-il ?

Elle parlait sereinement et ne paraissait pas inquiète de ce qu'il allait suggérer. Le duc songea que cela montrait une fois de plus combien elle était innocente. Une femme plus mûre aurait immédiatement imaginé ce qu'il pourrait lui proposer. Puis, comme Ilitta le regardait d'un air interrogateur, il lui exposa son projet :

— Une raison importante m'amène dans cette région. En fait, je dois rencontrer des hommes d'affaires et négocier un contrat.

Ilitta ne dit rien mais se rassit devant la cheminée et tourna son visage vers lui. Tout en cherchant ses mots, le duc remarqua les reflets des flammes dans les cheveux de la jeune fille.

— Je me demandais si, au lieu d'aller directement à Londres comme vous en aviez l'intention, vous ne pourriez pas m'accompagner durant les deux jours qui viennent. Avec votre étonnante perception des êtres, vous pourriez me dire si je peux faire confiance à ces hommes que je ne connais pratiquement pas.

— Je comprends, dit Ilitta. Et je crois pouvoir vous aider. Vous n'aimerez peut-être pas ce que je vous dirai, ajouta-t-elle, mais vous devrez comprendre que je me montrerai d'une franchise totale.

— C'est bien ce que j'espère, dit le duc, et c'est la raison pour laquelle je vous demande de m'aider.

Tout en parlant, il songea que la plupart de ses amis jugeraient qu'il s'intéressait davantage au charme d'Ilitta qu'à son sens de la psychologie.

Si elle acceptait sa proposition, pensa-t-il soudain, il faudrait fournir une explication au capitaine Daltry. Il résolut ce problème avec sa vivacité coutumière.

— Si vous êtes d'accord, voici ce que nous devrons faire : vous ne pouvez pas, de toute évidence, voyager en ma compagnie sous votre véritable identité.

— Pourquoi pas ?

La question, une fois de plus, était parfaitement innocente. Ilitta n'avait pas imaginé qu'il pourrait se conduire avec elle de la même façon que l'homme auquel elle avait échappé. Il voulut la mettre en garde à nouveau puis songea que ce serait inutile.

Lorsqu'il n'aurait plus besoin de son aide, il essaierait à nouveau de le persuader de rentrer chez elle. Si elle refusait, il ne lui resterait qu'à la laisser agir à sa guise après l'avoir dédommagée de ses services.

— Si je ne dois pas révéler mon identité, que suggérez-vous ? demanda-t-elle.

— Vous avez l'air très jeune, déclara le duc. Je ne vous ai pas vue avec la tenue que vous portez le jour, mais je présume que vous relevez vos cheveux et que vous paraissez un peu plus âgée qu'à présent.

— Bien sûr ! dit Ilitta. J'ai plus de dix-huit ans.

— Ce que j'allais suggérer, dit-il à haute voix, c'est de vous faire passer pour ma sœur si vous acceptez de m'accompagner demain. (Il sourit et ajouta :) J'ai d'ailleurs une sœur un peu plus jeune que vous ; elle est actuellement à Paris, pour se perfectionner en français et étudier l'histoire de l'art.

— Elle a beaucoup de chance ! s'exclama Ilitta. J'aurais tant voulu étudier à l'étranger... Mais papa disait que cela reviendrait trop cher.

Le duc pensa que son père devait être un gentilhomme vivant sur un petit domaine et que de tels frais étaient au-dessus de ses moyens.

— Les personnes que nous allons rencontrer n'ont jamais vu ma sœur et ignorent jusqu'à son existence.

— Ce sera très amusant de passer pour elle, dit Ilitta, et si vous voulez que je paraisse plus jeune, il vaut peut-être mieux que je laisse mes cheveux dénoués comme ils le sont maintenant.

— C'est ce que j'allais vous proposer, fit le duc, mais cela m'étonnerait que quelqu'un mette en doute votre identité... Pas devant moi, en tout cas !

— Alors... peut-être devriez-vous me dire votre nom ?

— Ervan Trecarron, répondit le duc. Je suis baronnet.

— Alors, vous êtes des Cornouailles !

— Comment le savez-vous ?

— J'ai lu beaucoup de choses sur les Cornouailles. C'est une région si intéressante ! Et, bien sûr, Ervan et Trecarron en sont des noms typiques.

— C'est vrai, répliqua le duc. Ma sœur s'appelle Georgina, ajouta-t-il. Nous dirons qu'Ilitta est votre surnom.

— Bonne idée, approuva-t-elle en souriant, mais il faudra m'aider à ne pas commettre d'erreurs.

— Ne vous inquiétez pas. Souvenez-vous que ces hommes ne connaissent rien de ma vie privée et, franchement, tout ce qui les intéresse, c'est mon argent.

Ilitta fronça les sourcils :

— Alors nous devrons être très vigilants et les empêcher de vous escroquer.

— C'est exactement la raison pour laquelle je vous ai demandé de venir avec moi, dit le duc. J'espère que vous me les représenterez comme des animaux, ce qui m'en apprendra bien plus à leur sujet que ne sauraient le faire des mots.

Ilitta battit des mains.

— C'est une grande aventure ! Je suis contente que vous m'ayez demandé de vous accompagner !

Le duc pensa qu'une telle attitude était décidément répréhensible, et que quelqu'un devrait la mettre en garde, ne fût-ce que par souci de sa réputation. Puis il se dit que cela ne le regardait pas. La situation serait certainement bien pire pour la jeune fille si elle partait seule à Londres, ne connaissant rien du monde et n'ayant pas la moindre idée des dangers qu'elle courrait. La seule chose raisonnable qu'elle eût faite jusque-là, c'était d'être venue le trouver quand elle s'était sentie menacée. Cependant, si le duc n'avait pas été un gentilhomme, elle aurait pu se mettre dans une situation plus dangereuse encore.

Il savait à quel point les mères de la bonne société, qui chaperonnaient jalousement leurs filles, seraient choquées à l'idée qu'une jeune fille de dix-huit ans se trouvait dans sa chambre, et en déshabillé ! Elles ne croiraient pas un instant qu'ils parlaient d'art. Elles tireraient les pires conclusions de leur présence dans une auberge isolée, sans autres femmes que des domestiques.

Elle ne devrait pas se conduire d'une façon si absurde, pensa le duc en fronçant les sourcils.

— Qu'y a-t-il ? s'inquiéta Ilitta en le voyant se rembrunir.

— Rien d'important, répondit le duc.

Il songea qu'il devrait faire une dernière tentative pour la persuader de rentrer chez elle, mais d'un autre côté, il ne voulait pas manquer l'occasion de sonder Daltry par une méthode originale à laquelle personne, il en était certain, n'avait pensé auparavant.

Il se demandait ce qui se passerait si Ilitta, guidée par sa seule intuition et son étrange aptitude à saisir en quelques traits le caractère d'un être, dénonçait Daltry comme étant un escroc.

Puis il pensa que c'était peu vraisemblable et que le risque n'était pas si grand. Ilitta percevrait probablement Daltry comme un homme avide, qui cherchait à obtenir de la mine plus que sa valeur réelle.

Quoi qu'il en soit, se dit-il, ce qu'elle me révélera sera certainement très utile.

En fait, il était intrigué et amusé de s'être trouvé dans une situation aussi inattendue, dans une auberge où il ne se serait jamais arrêté si le hasard ne s'en était mêlé. Toute sa vie, le duc avait suivi son instinct chaque fois qu'il avait dû faire face à des événements inattendus ou insolites.

Il jeta un coup d'œil vers le sac de toile qui se trouvait à ses pieds. Était-ce le feu de cheminée ou la fatigue qui l'avaient aveuglé ? Les dessins d'Ilitta étaient-ils aussi bons qu'il l'avait cru au premier abord ? Oui, il était certain de ne pas s'être trompé et il fallait, d'une manière ou d'une autre, aider Ilitta à exploiter et développer ses dons. Peut-être pourrait-il l'aider à obtenir l'une des bourses offertes par les galeries de peinture ou les organismes dont il s'occupait. Il s'intéressait beaucoup à l'art et à l'éducation, et il lui serait facile de l'aider financièrement quand il serait de retour à Londres.

Plongé dans ses réflexions, il ne remarqua pas tout de suite le regard d'Ilitta fixé sur lui. Lorsqu'il s'en rendit compte, il lui sourit.

— Vous... ne regrettez pas... votre proposition ?

— Non ! Bien sûr que non ! Je tiens à ce que vous veniez, mais la route sera longue et il faut que nous partions de bonne heure demain matin.

— Je vais aller me coucher dans la chambre voisine, dit Ilitta. Si la malle-poste arrive, je serai réveillée à six heures du matin. Mais si elle n'arrive pas, voulez-vous bien frapper à ma porte lorsqu'on viendra vous réveiller ?

— Bien sûr, acquiesça le duc.

Ils se levèrent.

— Allez chercher vos affaires, dit-il. Pendant ce temps, j'irai m'assurer que les portes sont bien cadenassées de façon à ce que personne ne vienne vous déranger.

— Merci, dit Ilitta. Vous êtes si bon. Je ne pourrai jamais assez vous témoigner ma reconnaissance.

— La meilleure façon de le faire, dit le duc, c'est de nous permettre d'avoir une bonne nuit de sommeil. J'ai l'impression qu'il est déjà très tard.

— Je ne vous ai que trop dérangé. Je vous prie de m'excuser, dit-elle.

Elle n'attendit pas sa réponse, prit son sac de toile et s'enfuit.

Le duc l'entendit ouvrir la porte de la chambre qu'elle occupait à l'origine. Il y avait deux bougies près de son lit, il en prit une qu'il alla poser sur la table de nuit de la pièce contiguë. Ilitta revint, portant sa valise et la robe qu'elle avait dû suspendre dans l'armoire après s'être changée. Lorsqu'elle fut dans la pièce, le duc referma la porte derrière elle. Celle-ci avait un verrou qui heureusement n'avait pas été tiré lorsqu'elle était venue lui demander son aide. Il le ferma, puis tira celui de la porte donnant sur le couloir.

— A présent, il faut dormir, dit-il ; ne vous inquiétez pas. Je veillerai à ce que vous ayez le temps de vous préparer demain matin. Nous prendrons bien entendu notre petit déjeuner dans mon salon particulier.

— Vous pensez à tout ! s'exclama Ilitta. Je vais suivre votre conseil et essayer de dormir.

Elle lui sourit ; à la lumière de la bougie, elle avait l'air d'un ange tombé du ciel. Le duc retourna dans sa chambre et referma doucement la porte derrière lui, tout en songeant que sa perception des gens, en revanche, n'avait rien d'angélique. Si elle était vraiment l'auteur de ces dessins, elle avait croqué ses victimes avec un cynisme digne d'un caricaturiste ayant derrière lui des années d'expérience.

Elle est tout à fait étonnante, se dit le duc en se mettant au lit. Il se félicitait de l'avoir rencontrée : peut-être allait-elle provoquer la déconfiture de Daltry et de ses amis. En outre, et c'était bien plus important à ses yeux, elle l'amusait et l'intéressait beaucoup plus que l'acquisition d'une mine de charbon.

3

Le brouillard se levait au-dessus des arbres lorsque le duc conduisit son attelage hors de la cour de l'auberge. Le soleil n'était pas au rendez-vous mais Ilitta était certaine qu'il percerait à travers les nuages dans la journée.

Elle avait cru rêver lorsqu'elle avait entendu le duc frapper à sa porte et lui dire :

— Il est bientôt six heures, je prends mon petit déjeuner dans un quart d'heure.

Elle bondit hors du lit, excitée à l'idée de partir avec lui, et se rendit compte qu'elle avait dormi paisiblement. Elle pensa à ce qui lui était arrivé la veille avant qu'il ne la sauvât et frissonna. Puis elle songea qu'il était inutile de se remémorer des choses déplaisantes. Une nouvelle journée commençait, et avec elle une aventure pleine d'imprévus.

Elle enfila sa robe de voyage et rangea dans sa valise celle qu'elle avait mise pour le dîner. Elle n'avait jamais voyagé seule, ni séjourné ailleurs que dans un grand et respectable hôtel, avec ses parents, une ou deux fois dans sa vie. Elle ne savait donc pas qu'étant seule, le fait de porter une robe du soir signifiait une invitation pour tout homme qui voulait « s'amuser un peu ».

Puis elle se souvint qu'elle devait passer pour la sœur de sir Ervan et qu'elle devait avoir l'air très jeune. Elle brossa longuement ses longs cheveux soyeux, les partagea par une raie au milieu, et les noua de chaque côté avec des rubans bleus.

En se regardant dans la glace, elle se trouva rajeunie de cinq ou six ans et songea qu'avec sa minceur, personne ne lui donnerait ses dix-huit ans. C'est exactement ce qu'il veut, se dit-elle, et c'est très habile de sa part de me faire passer pour sa sœur.

Lorsqu'elle pénétra dans le salon particulier du duc, il eut l'impression qu'un rayon de soleil venait d'entrer dans la pièce. Il avait déjà commencé son petit déjeuner mais il se leva brièvement pour la saluer :

— Venez, Ilitta, dit-il. Nous avons un long chemin à parcourir et plus tôt nous serons partis, mieux cela vaudra.

Il lui parlait, songea Ilitta, exactement comme un frère aurait parlé à sa sœur. En fait, elle aussi avait hâte de partir, car elle ne voulait pas revoir l'homme qui s'était introduit la veille dans sa chambre.

Ils ne rencontrèrent personne en partant, à l'exception de l'aubergiste et d'un palefrenier mal réveillé et grognon. Il n'y avait pas signe non plus de la malle-poste qui avait été retardée la veille.

Il faisait chaud pour une fin septembre ; sur les arbres, seules quelques feuilles commençaient à roussir. Le soleil se leva, dissipant les dernières nappes de brouillard. La journée promettait d'être radieuse.

Hanson annonça au duc qu'il avait trouvé un raccourci qui leur permettrait d'arriver presque à l'heure prévue pour leur rencontre avec le capitaine Daltry.

Le duc, qui était pointilleux en toutes choses et avait horreur d'être en retard, se concentra sur la conduite de son attelage afin d'être sûr qu'il n'y aurait plus d'incidents au cours du voyage.

Ils roulaient à vive allure et Ilitta resserra les rubans de son chapeau, profitant du soleil et de la beauté du paysage.

Le duc avait expliqué à Hanson qu'Ilitta était une cousine éloignée qu'il emmenait avec lui, mais qu'il avait l'intention de la présenter au capitaine Daltry comme sa sœur. Hanson, qui était au service du duc depuis de nombreuses années, ne s'étonnait de rien. Il songea simplement qu'Ilitta était différente de la plupart des dames que fréquentait son maître.

Quant au duc, il pensait que la journée aurait été idéale pour chasser la perdrix. Il aurait souhaité rester plus longtemps sur les terres de sa mère, où il aurait certainement réussi un beau tableau de chasse.

A la mort de son père, Ervan avait donné à sa mère la libre disposition de tous les manoirs du duché. Ils étaient nombreux et elle n'avait que l'embarras du choix. Finalement, elle avait décidé d'occuper celui qui se trouvait près du manoir du duc, dans le Gloucestershire, ainsi que celui de Marazion, dans les Cornouailles. C'est à Marazion qu'elle avait vécu les années les plus heureuses de son mariage. Depuis qu'elle était veuve, elle y allait de plus en plus rarement. Ervan savait que chacun de ces séjours ravivait sa peine : tant de souvenirs étaient attachés à cet endroit ! Après huit ans de veuvage, son mari lui manquait toujours autant.

Le duc, sachant qu'elle souffrait de la solitude, l'incitait à venir à Londres le plus souvent possible. Son fils n'étant pas marié, elle tenait le rôle d'hôtesse dans sa maison de Grosvenor Square.

La duchesse était restée très belle ; elle avait un charme infini et la haute société s'empressait de lui rendre visite à chacun de ses passages à Londres. Tous insistaient pour qu'elle donne à nouveau une de ses célèbres réceptions, comme autrefois. Quelqu'un avait dit un jour à Ervan que Londres n'aurait pas été Londres sans la duchesse, rayonnante comme une étoile. Le duc avait reçu le compliment en souriant et s'était demandé s'il saurait trouver une femme aussi belle que sa mère, et qui ferait autant honneur à sa famille.

Avant de partir pour le Gloucestershire, il avait prévu de passer quelque temps chez son ami d'Arcy Armitage, puis de retourner quelques jours auprès de sa mère avant de rentrer à Londres.

Je devrais aussi aller en Cornouailles, se dit-il. Il n'y était pas allé depuis le printemps. De tous ses domaines, c'était Marazion qu'il préférait, comme sa mère. Enfant, il y avait été si heureux. Mais le domaine était si éloigné qu'il s'y retrouvait souvent seul et, bien qu'il refusât de l'admettre, il n'aimait pas la solitude. Il pensa que la ligne de chemin de fer, en cours de construction jusqu'à Falmouth, permettrait à ses amis d'accepter plus facilement ses invitations.

Bien qu'il détestât l'idée que le train pût supplanter les chevaux, il savait que la bataille était perdue, puisque même les amateurs de chevaux avaient pris le train pour aller aux courses d'Epsom, cette année. Alors, pourquoi acheter une mine de charbon ? se demanda-t-il.

La réponse était très simple: le capitaine Daltry avait réussi à le persuader d'agir à l'encontre de ses convictions.

Le duc avait commencé à se préoccuper des rapports sur le travail des enfants, publiés trois ans auparavant. Ils avaient horrifié tout le pays, et lui en particulier. Les descriptions de garçons et de filles employés dans l'obscurité des mines, de femmes nues jusqu'à la taille, enchaînées, se traînant à quatre pattes dans des tunnels et tirant d'énormes charges étaient effrayantes.

Il avait été l'un des premiers à soutenir lord Ashley lorsque ce dernier avait présenté à la Chambre une loi interdisant d'employer des jeunes filles et des femmes dans les puits. Il avait été ravi quand la loi avait été votée, faisant d'Ashley un héros national.

Lorsqu'il posséderait une mine, le duc n'emploierait que des hommes forts, capables de supporter le travail très dur dans les puits et les galeries. De plus, il était décidé à mettre en œuvre tous les dispositifs de sécurité connus afin d'éviter les accidents.

Je pourrais également en inventer de nouveaux, se dit-il.

Ces pensées avaient occupé son esprit pendant un long moment. Soudain, il se rappela qu'il n'était pas seul et se tourna vers Ilitta :

— Vous vous amusez ? demanda-t-il.

— Je n'ai jamais été conduite par un si bel attelage, répondit-elle. Ni si rapide !

Le duc sourit.

C'était ce qu'il voulait entendre.

— Il nous reste près de vingt kilomètres à parcourir mais je pense que nous arriverons avant une heure de l'après-midi, l'heure de notre rendez-vous.

L'endroit où il devait retrouver le capitaine Daltry n'était pas loin de la demeure du marquis de Buxworth et, s'il y était allé la veille comme prévu, il aurait eu le temps de visiter les écuries et le domaine du marquis.

Le duc s'intéressait beaucoup à la façon dont les autres cultivaient leurs terres, et aux innovations qu'ils avaient introduites, en particulier dans le Gloucestershire. Ses domaines étaient des modèles du genre et on le citait en exemple à tous les propriétaires d'Angleterre, mais il était convaincu qu'on a toujours quelque chose à apprendre des autres, ne serait-ce que tirer des leçons de leurs erreurs.

Il pensa demander à Ilitta, puisqu'elle venait de cette partie du pays, si elle connaissait le marquis ou avait entendu parler de lui. Il envisagea même de lui révéler sa véritable identité, puis y renonça. Il craignait qu'elle n'en fût intimidée, comme tant de gens en sa présence, et qu'elle ne perdît sa spontanéité. Il avait presque l'impression qu'ils étaient frère et sœur, et non pas une jolie jeune fille et un homme voyageant ensemble.

Il savait qu'elle réagissait ainsi parce qu'elle était innocente et naïve, et qu'il ne lui était pas venu à l'esprit que des douzaines de femmes l'auraient jalousée de passer une journée en sa compagnie. Ils étaient affranchis des contraintes sociales qui, en d'autres circonstances, les auraient empêchés de se parler franchement et librement.

Il avait averti le capitaine Daltry qu'il voulait qu'on l'appelle sir Ervan Trecarron lorsqu'il visiterait la mine.

— J'en suis heureux, Votre Grâce, avait répondu Daltry. J'allais moi-même vous le suggérer. (Il avait marqué une pause comme s'il cherchait ses mots avant de poursuivre :) Ni les mineurs ni les villageois ne doivent apprendre que la mine est en vente.

— Vous pensez que cela les inquiéterait ?

— Évidemment. Les mineurs auraient peur de perdre leur emploi, ou craindraient que leur nouveau patron n'ait des exigences difficiles à satisfaire.

— Je comprends, avait dit le duc.

— De plus, avait poursuivi le capitaine Daltry, pris par son sujet, si les reporters locaux apprenaient que la mine est à vendre et qu'une personnalité aussi éminente que Votre Grâce pense l'acheter, cela paraîtrait dans les journaux de la région et serait sans nul doute répété dans le *Times* et le *Morning Post.*

Le duc n'avait pu qu'admettre que ce serait une grave erreur.

— Il est donc important, avait conclu Daltry, que Votre Grâce apparaisse comme un simple visiteur s'intéressant aux activités locales.

— Bien sûr, avait murmuré sir Ervan.

— Les hommes qui seront avec moi et qui vous montreront la mine n'auront pas la moindre idée de votre véritable identité.

— Oui, c'est sans doute préférable.

— Afin que tout cela paraisse plus naturel, j'ai prévu que nous déjeunions chez M. Newall, bien qu'il soit absent. Il possède un grand manoir, à trois kilomètres de la mine, et a déjà exprimé ses sincères regrets de ne pas être là pour vous accueillir.

Tout cela semblait parfait, conforme à ce que le duc aurait décidé lui-même, et il avait simplement dit à Daltry qu'il arriverait le mercredi à une heure de l'après-midi.

Il avait ensuite écrit au marquis de Buxworth et à lord Armitage pour leur demander de le recevoir.

La demeure de lord Armitage se trouvant au sud du comté, il savait qu'en partant de bonne heure le matin, il pourrait être de retour chez sa mère à l'heure du dîner. Il avait prévu des chevaux frais, qui l'attendaient à deux relais différents sur la route du retour.

Puis, ayant jugé que ses préparatifs étaient, une fois de plus, parfaitement organisés, il s'était mis en route avec la ferme intention de garder secrète la raison de son voyage.

Le duc était si connu que si l'on apprenait qu'il envisageait d'acheter une mine de charbon, il serait immédiatement assailli par de multiples propositions.

De plus, les fabricants de wagons viendraient l'importuner pour qu'il s'offre un train particulier. Depuis que le wagon royal avait été fabriqué pour la reine, deux de ses contemporains avaient déjà proclamé qu'ils voulaient voyager, selon leurs propres termes, « en train particulier » dès que le chemin de fer relierait leur domicile du nord de l'Angleterre à Londres.

— Je suis toujours venu chez vous en attelage, avait-il dit au comte de Derby qui vivait dans le Lancashire, et je ne vois pas pourquoi je changerais mes habitudes.

— Il faut avancer avec son temps, avait répondu le comte. De plus, Ervan, vous devez nous donner l'exemple, à nous qui sommes plus âgés. (Il avait ri avant d'ajouter :) Si vous êtes capable d'escalader le Matterhorn, vous pouvez difficilement refuser d'être un pionnier de l'âge de la vapeur !

Le duc s'était promis de n'en jamais rien faire. Il avait donc été troublé en apprenant que la Reine, après son premier voyage du château de Windsor à Londres, trois ans auparavant, avait immédiatement projeté d'autres trajets.

— Les trains ! Les trains ! s'était-il exclamé à l'époque. Ce n'est qu'un feu de paille. Il suffira de quelques accidents pour que tout le monde en revienne aux chevaux et aux attelages.

Or, ses sentiments n'ayant pas changé, il lui sembla soudain ridicule d'acheter une mine. Sans en avoir l'intention, il dit à haute voix :

— J'ai bien envie de faire demi-tour et de rentrer à la maison.

Ilitta se tourna vers lui et le regarda avec étonnement.

— Pourquoi ?

— J'ai l'impression de perdre mon temps, et je ne tiens pas vraiment à posséder une mine de charbon.

— Alors il ne faut surtout pas l'acheter, dit Ilitta. Personnellement, je comprends que le charbon soit devenu une nécessité et que les gens ne puissent s'en passer, mais cette idée ne me plaît pas du tout.

Le duc la regarda, surpris :

— Vous voulez dire que vous avez réfléchi à la question ?

— Bien sûr. J'ai lu le rapport sur les horreurs qui ont eu lieu dans le passé. A présent, les journaux disent que de nouvelles mesures de sécurité ont sauvé la vie d'un grand nombre de mineurs et que la lampe Davy a révolutionné les conditions du travail souterrain.

Le duc eut l'air sidéré.

— Comment êtes-vous au courant de tout cela ?

— Vous croyez sans doute que je ne lis que des revues de mode et les nouvelles de la Cour dans les quotidiens, répondit Ilitta en riant.

Il pensa avec une certaine amertume que c'était en effet les seules choses que lisaient les femmes qu'il fréquentait. Même lorsqu'il prononçait un discours enflammé à la Chambre des Lords, qui faisait la une des journaux, elles l'ignoraient.

— Dites-moi en quoi cela vous intéresse, fit-il en pensant qu'il découvrait là encore un aspect surprenant de sa personnalité.

— Les politiciens sont des êtres humains, dit-elle. Or, je m'intéresse aux humains, même si je les dessine comme des animaux.

— Je ne pense pas que nos hommes d'État seraient particulièrement flattés de vos propos, répliqua le duc.

— Bien sûr, je peux me tromper, parce que je n'en ai pas vu beaucoup en chair et en os, dit Ilitta, mais d'après leurs discours et les comptes rendus du Parlement, ils ressemblent plutôt à un troupeau de moutons stupides ou à des dindons imbus d'eux-mêmes.

Le duc s'exclama en riant :

— Voilà une vision plutôt caustique !

Elle le regarda d'un air un peu nerveux, craignant qu'il ne fût choqué par ses propos. Mais, voyant qu'il souriait, elle ajouta :

— Lorsque j'irai à Londres, je vous enverrai des dessins de tous les hommes politiques connus, et vous verrez si j'ai tort ou raison.

Le duc eut l'impression désagréable que, dans bon nombre de cas, elle aurait raison, mais il répondit :

— J'espère que, lorsque l'heure sera venue de nous séparer, vous aurez renoncé à cette idée ridicule de vous rendre seule à Londres.

Elle ne répondit pas et garda les yeux fixés sur la route. Il comprit qu'il ne l'avait pas dissuadée d'aller à Londres, avec ou sans son aide. Il pensa à de multiples arguments, puis se dit qu'il aurait tort d'insister pour le moment et qu'il ferait mieux de concentrer son attention sur ce qui les attendait. Il changea donc de sujet :

— Je crois que nous devrions trouver un moyen pour que vous me donniez votre opinion sur les hommes que nous allons rencontrer sans qu'ils s'en rendent compte.

— J'y ai déjà pensé, dit Ilitta et, puisque vous dites que nous devons les voir à l'heure du déjeuner, j'aurai tout le loisir de les examiner pendant le repas, pour sentir leurs réactions et savoir s'ils sont honnêtes ou non.

— Et si vous aviez tort ? demanda le duc.

— C'est un risque que vous devrez courir, répondit Ilitta. Après tout, lorsque vous m'avez engagée, vous avez parié sur un outsider !

Le duc rit. Puis il lui demanda, commençant à croire qu'il n'y avait pas de sujet auquel elle ne s'intéressât :

— Je présume, d'après votre remarque, que vous suivez les résultats des courses.

— Bien sûr ! s'exclama Ilitta. Je m'intéresse autant que vous aux chevaux et j'aime savoir lesquels ont gagné les principales courses et pourquoi.

Le duc leva de nouveau les yeux vers la jeune fille :

— Voulez-vous dire qu'il y a une raison pour que certains chevaux gagnent certaines courses ?

— Naturellement, répondit-elle. Bien que je n'aie pas souvent la possibilité d'assister aux courses là où j'habite, je suis très attentivement tout ce qui se passe.

Elle fit une pause et reprit d'un ton plus sérieux :

— Ce ne sont pas seulement les origines ou l'entraînement d'un cheval qui en font un vainqueur, mais quelque chose de plus qu'il a en lui, et qui lui permet de devancer d'autres chevaux en apparence aussi bons.

A nouveau, le duc fut surpris, s'étant souvent fait cette remarque lui-même. Il avait d'ailleurs eu l'occasion de le constater avec ses propres chevaux.

Ce sujet le passionnait, et ils en discutèrent durant le reste du trajet. Ils ne s'interrompirent que lorsque Hanson déclara :

— Nous arrivons au village, Sir, et il vaut mieux que nous demandions où se trouve le manoir.

Quelques minutes plus tard, ils s'engageaient dans une allée flanquée de deux petites maisons de gardien en assez mauvais état.

— Je vous ferai savoir, d'une manière ou d'une autre, ce que je pense de ces hommes, dit Ilitta. Mais surtout n'acceptez pas trop vite ce qu'ils vous proposeront.

— Bien sûr que non, répondit le duc. Ceci n'est qu'une visite préliminaire. J'enverrai ensuite des gens de mon choix pour inspecter la mine et je lirai attentivement leur rapport avant de songer à l'acheter.

— Vous avez raison. C'est plus prudent.

Le duc songea avec ironie qu'il était inhabituel qu'une fille aussi jeune lui donne ainsi son avis.

Ils aperçurent alors le manoir. C'était une grande bâtisse carrée en pierres grises, plutôt laide. Le jardin qui l'entourait était négligé et les fenêtres ainsi que la porte d'entrée avaient besoin d'un coup de peinture.

Dès que les chevaux se furent arrêtés devant le perron, le capitaine Daltry se hâta vers eux, souriant au duc et lui tendant la main.

— Vous êtes parfaitement ponctuel, sir Ervan, dit-il. En fait, je ne vous attendais pas si tôt.

En s'approchant du phaéton, il posa son regard sur Ilitta d'un air interrogateur.

Le duc tendit les guides à Hanson, qui avait déjà sauté à terre. Puis, sans précipitation, il serra la main de Daltry et contourna le phaéton pour aider Ilitta à descendre.

En la prenant par la taille pour la déposer à terre, il se dit qu'elle était légère comme une plume et que personne ne lui donnerait plus de quinze ans.

Tandis qu'ils s'avançaient vers les marches, il sentit que la situation amusait Ilitta. Quant à lui, il était ravi de disposer d'un détective privé en jupon, qui exercerait ses talents à l'insu du capitaine Daltry.

Puis le duc fit les présentations :

— Capitaine Daltry... Ma sœur, Mlle Ilitta Trecarron.

— Ravi de faire votre connaissance, dit Daltry.

Mais, tandis qu'il lui serrait la main, Ilitta devina que ce n'était pas vrai et que Daltry était contrarié de ne pas être seul avec le duc.

— J'ai fait préparer un repas, dit-il en montant les marches. Mais comme notre hôte est parti s'amuser à Londres et que la plupart des domestiques sont en congé, cela n'a pas été aussi facile que je ne l'aurais cru.

— Ma sœur et moi sommes habitués à nous contenter de peu, répondit le duc.

— Je suppose que vous souhaitez vous rafraîchir, dit le capitaine Daltry. Je vais conduire Mlle Trecarron en haut mais je n'attendais pas sa visite, et j'espère qu'elle me pardonnera l'état des pièces, qui sont un peu poussiéreuses.

Il indiqua au duc où se trouvait le vestiaire et conduisit Ilitta vers un escalier majestueux. Les murs étaient garnis de nombreux portraits. Elle nota qu'ils étaient réalisés par des artistes de second ordre et représentaient des personnages tous plus laids les uns que les autres — sans doute les ancêtres du propriétaire de la maison.

A l'étage, Daltry fit entrer Ilitta dans une chambre dont les rideaux étaient tirés et les volets fermés.

— Attendez que je laisse entrer un peu de lumière, dit Daltry en traversant la pièce. J'ai peur qu'il n'y ait que de l'eau froide sur la table de toilette ; je vais essayer de vous en faire chauffer, mais cela risque de prendre un petit moment.

Il avait parlé d'un ton hésitant et Ilitta déclara vivement :

— Non, ne vous donnez pas cette peine ! Je me débrouillerai parfaitement avec de l'eau froide, je ne veux pas vous causer de tracas.

Ayant ouvert les volets, le capitaine Daltry répondit poliment :

— Vous ne me dérangez pas, et je suis certain que votre frère est heureux de vous avoir avec lui plutôt que d'être venu seul.

Elle avait le sentiment que son amabilité était feinte mais, ne voulant pas être injuste avec lui, elle décida de ne pas se hâter de porter un jugement.

— Je vous guetterai lorsque vous descendrez, mais nous serons dans un salon qui donne sur le vestibule ; vous ne pouvez pas vous perdre.

— Merci, répondit Ilitta.

Il referma la porte et elle l'entendit courir le long du couloir. Elle se demanda pourquoi il était si pressé. Puis elle alla vers la table de toilette. Il y avait bien un broc d'eau froide, mais recouvert d'une épaisse couche de poussière. Le sol et la table de toilette étaient tout aussi poussiéreux. Il était évident qu'il n'y avait pas de femme pour diriger cette maison. Elle se dit qu'en l'absence de leur maître, les domestiques en prenaient à leur aise.

Elle enleva son chapeau, arrangea ses cheveux et renoua ses rubans. Ainsi coiffée, elle ressemblait à une gentille petite écolière. Elle était certaine que le capitaine Daltry, occupé à impressionner son hôte, ne lui prêterait aucune attention.

Elle ne se trompait pas. Tandis qu'ils déjeunaient autour de la grande table de la salle à manger, Ilitta pensa, en écoutant les quatre hommes, que la situation était plutôt bizarre.

Tout d'abord, il n'y avait pas de domestique convenable pour les servir, mais un homme qui lui parut être le palefrenier du capitaine Daltry. Il changeait les assiettes avec maladresse et les rangeait bruyamment sur une desserte. Le capitaine Daltry versait lui-même le vin et les autres invités passaient les plats posés sur un buffet.

Ses amis furent les premiers à apparaître avec des têtes d'animaux à Ilitta. Celui que Daltry avait présenté au duc comme son avocat était un petit homme d'âge mûr, aux yeux comme des billes et aux traits pointus. L'autre était grand, balourd et manifestement sans éducation.

Ils faisaient honneur au déjeuner, emplissant généreusement leurs assiettes et mangeant avec une avidité qui laissait supposer qu'ils n'avaient pas souvent l'occasion de déguster un tel repas.

Le capitaine Daltry avait certainement fait un effort, pensa le duc. Il y avait un saumon entier fraîchement pêché, un rôti de porc, un gigot d'agneau et un fromage de tête qui venait vraisemblablement d'une auberge ou d'un traiteur. Rien n'avait été cuisiné sur place, bien que le capitaine Daltry eût dit :

— J'espère que vous trouverez ces mets à votre goût. La cuisinière a fait de son mieux mais, bien entendu, ce n'est qu'une femme de la campagne, incapable de préparer des plats élaborés comme ceux auxquels vous êtes certainement habitué, sir Ervan.

Le duc avait le meilleur cuisinier français de Londres et ceux de ses différents domaines étaient également célèbres ; il se contenta de sourire sans faire de commentaire.

On servit ensuite du fromage et du pain frais qui avait dû être cuit le matin même. Le vin était excellent et le duc avait remarqué que le capitaine Daltry remplissait sans cesse son verre, sans doute pour l'amadouer en vue de ce qu'il lui montrerait après le repas. Il espérait le griser pour lui faire accepter toutes les conditions qu'il lui proposerait. Mais le duc, qui était sobre de nature, était aussi bien trop fin pour ne pas comprendre où Daltry voulait en venir. Il avait remarqué très vite que, dès qu'il buvait une gorgée, le capitaine remplissait immédiatement son verre. Le bordeaux était excellent mais très capiteux, et ce n'était certainement pas le vin qu'il fallait pour garder les idées claires.

Après le repas, on apporta du porto et du brandy. Pensant qu'il serait discourtois de refuser les deux, le duc accepta un doigt de brandy. Il ne fit qu'y tremper les lèvres tout en écoutant son hôte qui déployait tous ses efforts pour se rendre agréable et amusant. Il était clair que le capitaine se voulait le boute-en-train de la réunion, alors que l'avocat et l'autre homme ne participaient pas à la conversation. Ilitta n'essaya pas non plus d'intervenir et le capitaine Daltry ne lui adressa pas la parole.

Tout ce qu'il souhaitait, c'était satisfaire son hôte, et il est vrai qu'il faisait de son mieux. Ce fut cependant avec un sentiment de soulagement que le duc annonça enfin :

— L'heure avance et ma sœur et moi ne voulons pas arriver en retard chez les amis qui nous hébergent pour la nuit ; nous devrions aller inspecter la mine sans plus attendre.

— Oui, bien sûr, dit le capitaine Daltry. Comme elle n'est pas très facile à trouver, je suggère que nous prenions une de mes voitures. Ainsi vos chevaux se reposeront-ils jusqu'à notre retour.

Le duc hésita un instant. Puis il pensa que le voyage de ce matin avait été bien long et que ses chevaux méritaient cette halte. Il dirait à Hanson de se tenir prêt à partir dès leur retour.

Ilitta courut chercher son chapeau et son manteau, puis redescendit et trouva deux voitures fermées qui attendaient devant la porte, tirées chacune par un cheval. Ces derniers n'avaient pas fière allure et elle eut l'impression, tout comme le duc, qu'ils avaient été loués pour l'occasion.

Le duc et le capitaine Daltry l'attendaient à côté de la première voiture. Elle y monta et le duc s'assit à côté d'elle ; le capitaine Daltry s'installa sur le siège opposé.

Tandis que le cocher mettait l'attelage en marche, elle tendit au duc un morceau de papier sur lequel elle avait écrit trois mots, en lui disant :

— Voilà le nom des chevaux dont nous discutions ce matin. Tu m'avais demandé de les noter pour en parler à notre hôte ce soir.

— Oh, merci ! dit le duc d'un air indifférent, comprenant de quoi il s'agissait.

Il regarda le papier et vit, inscrits en très petits caractères qu'il aurait été impossible de lire de loin :

Renard, furet, babouin.

Il lut, puis glissa le morceau de papier dans la poche intérieure de son manteau. Ilitta avait donc déjà jugé les trois hommes et lui conseillait d'être très prudent.

Un renard, pensa le duc. Rusé, traître et peut-être dangereux. C'était donc ainsi qu'elle voyait Daltry ! Il n'en fut pas surpris.

Le furet évoquait très bien l'avocat et il avait su, dès l'instant où il l'avait vu, qu'il n'était pas question de lui faire confiance.

Babouin était certainement le terme idéal pour décrire l'homme balourd et fruste qui avait à peine ouvert la bouche lors du déjeuner, sauf pour y enfourner de la nourriture. Il ne comprenait pas très bien pourquoi Daltry trouvait nécessaire qu'il assiste à ce qui était censé être un rendez-vous d'affaires.

Cependant, le duc n'eut pas le temps d'y réfléchir car, dès qu'ils se mirent en route, le capitaine Daltry commença à parler de la mine.

Il vanta son potentiel avec un enthousiasme que le duc jugea exagéré.

— Il est important, dit-il en conclusion, que personne ici n'ait la moindre idée de votre intention d'acheter la mine. J'ai simplement dit aux hommes qui y travaillent que vous souhaitiez voir comment ils avaient réussi à extraire une telle quantité de charbon si loin du gisement principal.

Il sourit et ajouta :

— Mais, comme vous avez pu le voir dans mon rapport, cela n'est qu'un début, et il reste encore des milliers de tonnes à extraire.

— J'ai lu votre rapport avec attention, dit le duc.

— Alors il est inutile d'y revenir, répondit Daltry. Cependant, je veux que vous sachiez que ceci est une occasion unique, qui ne se représentera plus jamais dans votre vie. La demande en charbon s'est multipliée de façon fabuleuse au cours des deux dernières années et, avec les chemins de fer qui relieront Londres à toutes les grandes villes du pays, ce minerai va devenir aussi précieux que les diamants... bien que leurs éclats respectifs ne soient guère comparables !

Il rit de sa plaisanterie.

Le duc remarqua qu'il avait les dents pointues et pensa qu'Ilitta avait raison. Il avait vraiment tout du renard, et n'était certainement pas digne de confiance.

4

Le village où se trouvait la mine était pittoresque et étonnamment propre, pensa Ilitta. Elle avait toujours cru, d'après les récits qu'elle avait lus, que les villages miniers, y compris leurs habitants, étaient noirs de poussière de charbon.

Tandis que les chevaux s'arrêtaient, le capitaine Daltry dit au duc :

— N'oubliez pas que vous êtes un simple visiteur intéressé par la région.

Ilitta pensa qu'il insistait un peu trop et se dit que le duc était certainement du même avis.

Ils contournèrent un gigantesque crassier, jusqu'à un endroit où s'élevait un impressionnant mécanisme dont les rouages et les poutrelles de fer étaient exactement tels qu'elle les avait imaginés. Il y avait des brouettes, des wagonnets servant à ramener le charbon à la surface et des étais pour soutenir les galeries après l'extraction du minerai.

Ils s'approchèrent et Ilitta remarqua que le mécanisme avait été récemment huilé. Toutefois, toutes les pièces de la machine étaient rouillées. Elle voulut le faire remarquer au duc mais se ravisa, préférant ne pas intervenir. Elle le suivit donc, ainsi que le capitaine Daltry, jusqu'à l'entrée d'un puits qui menait aux galeries.

Un treuil descendait les hommes au fond de la mine, expliqua le capitaine Daltry. Le mécanisme semblait très rudimentaire et le capitaine dit à voix basse, avec un sourire entendu, que dans les installations plus modernes, les systèmes étaient beaucoup plus perfectionnés.

Ils restèrent un instant près du treuil et le duc demanda :

— Que diriez-vous de descendre jeter un coup d'œil ? Je suppose qu'il y a des hommes qui travaillent en bas ?

— Oui, bien sûr, s'empressa de dire le capitaine Daltry. Mais il vaut mieux qu'ils ne vous voient pas ; ils penseraient tout de suite qu'il y a anguille sous roche.

Cette suggestion paraissant raisonnable, le duc se pencha au-dessus du puits mais ne vit qu'un trou noir, sans le moindre signe d'activité.

Daltry poursuivit à voix basse :

— Je voudrais maintenant vous montrer le village. Comme vous pouvez le constater, les maisons sont en bon état, bien que certaines demandent à être repeintes, et les gens ont l'air heureux. Je savais que ceci vous plairait, sir Ervan.

— Bien entendu, approuva le duc.

Ilitta était certaine qu'il aurait voulu parler à quelques-uns des villageois qui, entre-temps, étaient sortis sur le pas de leur porte et les regardaient avec curiosité. Mais le capitaine Daltry semblait pressé de rentrer et ils se remirent en route.

— Je n'ai pas vraiment vu tout ce que je désirais, remarqua le duc.

— Mais vous risquez de vous salir, sir Ervan, répondit Daltry avec un sourire. D'ailleurs, vous avez lu les rapports des ingénieurs qui ont examiné la mine. Je puis vous assurer, ainsi qu'ils l'ont déclaré très clairement, que la veine est très large et qu'il faudra au moins vingt ans pour l'épuiser, même si l'on ne trouve pas de veine secondaire.

Il eut un petit rire bref qui ressemblait, pensa Ilitta, au glapissement du renard.

— Croyez-moi, c'est une affaire à ne pas manquer, conclut-il.

Le duc resta silencieux jusqu'au moment où ils arrivèrent au manoir. Puis, descendant de la voiture, il dit :

— Voulez-vous demander à votre homme d'avancer mon phaéton ? Ma sœur et moi allons nous mettre en route immédiatement.

— Bien sûr, répondit Daltry, mais si vous voulez bien venir d'abord dans le salon, j'aimerais vous entretenir un instant.

Le duc ne pouvait pas refuser mais Ilitta remarqua son air impatient tandis qu'il traversait le vestibule. Elle avait cru que le capitaine Daltry voulait lui parler en tête à tête, mais elle vit avec surprise que l'avocat et l'homme qui ressemblait à un babouin les avaient suivis et se tenaient devant la porte ouverte.

Le capitaine s'approcha d'une table sur laquelle se trouvaient un encrier, des plumes et des documents.

— Si vous voulez bien apposer votre signature sur ce contrat, dit-il. Il vous permettra d'acquérir la mine, deux villages et 25 hectares de terrain pour la somme de 10 000 livres.

Le duc se raidit.

— Vous devez savoir, Daltry, que je n'ai aucune intention de signer pour l'instant. Je ne puis pas m'engager à acheter la mine avant que mes propres enquêteurs l'aient examinée.

— Je vous ai déjà dit que c'était tout à fait inutile, répondit Daltry. Les rapports que je vous ai envoyés ont été rédigés par des hommes connus dans le domaine minier.

— Je vous crois sur parole, répliqua le duc, mais je ne fais jamais rien sans consulter mes conseillers financiers.

— Nous avons assez perdu de temps, dit Daltry. La somme demandée pour la mine est si dérisoire que je n'aurai aucune difficulté à trouver d'autres acquéreurs prêts à sauter sur l'occasion.

— Je ne voudrais pas vous décevoir après tout le mal que vous vous êtes donné, dit le duc courtoisement, mais vous ne m'aviez pas averti que je devrais prendre une décision sur-le-champ.

— C'est pourtant ce que je vous demande et, si vous n'êtes pas d'accord, la mine profitera sûrement à un autre.

— Alors, je lui souhaite bonne chance, dit le duc. A présent, ma sœur et moi devons partir.

Il se tourna vers la porte, son chapeau à la main, lorsque les deux hommes de Daltry, semblant obéir à un signal, lui barrèrent le chemin.

Le duc ne dit rien et resta immobile en les regardant. Il entendit dans son dos la voix de Daltry :

— Puisque vous vous montrez d'une telle stupidité, peut-être comprendrez-vous mieux avec ceci !

Tout en parlant, il avait tiré un pistolet de sa poche. Ilitta poussa un cri.

Le duc se retourna lentement.

— Est-ce une menace, Daltry ?

— Il vous reste deux solutions, répondit le capitaine d'une voix très différente de celle, si affable, qu'il avait employée depuis leur arrivée. Ou vous signez de plein gré ce contrat de vente, ou je serai obligé d'utiliser des méthodes beaucoup plus énergiques pour vous y contraindre.

— Mettons les choses au point, répondit le duc avec hauteur. Je n'ai aucune intention de signer quoi que ce soit. Je considère que vous vous conduisez de manière honteuse et vous pouvez être certain que cela ne se reproduira pas.

Le capitaine Daltry eut un petit rire très déplaisant.

— Je sais exactement ce que vous avez à l'esprit, dit-il. Vous veillerez à ce que je sois exclu de votre club et que je ne puisse plus paraître dans ce que vous appelez des cercles mondains. Soit, mais sachez que mes conditions ont changé, maintenant.

Il s'interrompit, attendant que le duc le questionne, mais devant son silence, il poursuivit :

— J'avais l'intention de bien profiter des 10 000 livres que vous deviez payer pour la mine ; ce n'est pas cette somme qui vous fera défaut, compte tenu de vos revenus...

— Cette conversation est tout à fait inutile, l'interrompit le duc, et j'ai l'intention de partir immédiatement.

Il se serait volontiers tourné vers la porte, mais le pistolet du capitaine Daltry était braqué sur lui.

— Cela vous sera difficile avec une balle dans la jambe, et je suis certain que votre sœur est bien trop jeune pour faire une bonne infirmière.

Il avait parlé d'une façon si menaçante qu'Ilitta se rapprocha instinctivement du duc, comme pour le supplier d'être prudent. Sir Ervan se rendait compte que la présence de la jeune fille diminuait sensiblement ses chances de s'échapper. Il serait sans doute parvenu à désarmer Daltry sans être blessé, mais s'il ne s'inquiétait pas du tout de l'homme qu'Ilitta avait surnommé le furet, il était moins certain de la réaction du babouin.

Comme s'il devinait ses pensées, le capitaine Daltry s'exclama :

— Je ne plaisante pas quand je vous dis que je tirerai pour vous empêcher de partir d'ici ! De plus, sachez que mon ami Albert, ici présent, était champion de lutte à Lambeth, et je pense que même avec un palmarès sportif tel que le vôtre, vous trouveriez en lui un adversaire digne de vous !

Il grimaçait. Ilitta avait maintenant l'impression qu'il ressemblait à un loup plutôt qu'à un renard, et le trouvait effrayant. Elle se rapprocha encore du duc tandis que Daltry poursuivait :

— Vous m'avez menacé de vous venger si je vous contraignais à me donner les 10 000 livres dont nous avons parlé. Il vous faudra donc en payer le double pour votre liberté, puisque cela m'obligera à quitter le pays. (Il eut une grimace ironique.) Vous serez ravi que je m'installe confortablement en France ou ailleurs ; ainsi vous pourrez oublier que je vous ai fait subir le premier échec de votre vie !

Ses lèvres se retroussèrent dans un rictus qui fit paraître ses dents encore plus pointues.

— Vous avez posé vos conditions, dit le duc. Je dois naturellement vous demander du temps pour y réfléchir et en parler avec ma sœur.

— Accordé, répondit le capitaine Daltry. J'avais prévu une telle réaction de votre part. (Il ne baissa pas le pistolet et poursuivit :) Si vous aviez été seul, j'avais l'intention de vous mettre dans une cave au sous-sol. L'humidité et les rats vous auraient convaincu mieux que moi. Mais je suis un être sensible, et je ne pourrais pas infliger une telle épreuve à une personne aussi jeune et aussi jolie que votre sœur. Je vais donc vous enfermer dans le grenier.

Il marqua une nouvelle pause avant de poursuivre avec emphase :

— Peut-être que le froid et la faim vous aideront à comprendre que la somme de 20 000 livres est bien modeste pour obtenir votre liberté et vous éviter de souffrir.

Il parlait d'une façon si effrayante que, sans même s'en rendre compte, Ilitta glissa sa main dans celle du duc et sentit ses doigts se refermer sur les siens.

Puis, comme le duc gardait le silence, Daltry poursuivit :

— Mes amis vont vous escorter en haut mais

souvenez-vous que je reste derrière vous et que j'ai le doigt sur la détente.

Ilitta sentait la fureur du duc, mais voyait aussi son impuissance. Elle savait que sans elle, il se serait mesuré aux trois hommes, faisant confiance à sa pratique du ring et à sa condition physique exceptionnelle pour s'échapper.

Cependant, s'ils l'assommaient ou le blessaient, elle resterait sans défense entre leurs mains et ils n'auraient aucun scrupule à la garder en otage.

Le duc respira profondément puis dit calmement :

— Je vous donnerai ma réponse lorsque j'aurai eu le temps de réfléchir.

Il se retourna vers la porte et s'avança, gardant la main d'Ilitta dans la sienne. L'avocat partit devant eux, Albert resta à leurs côtés. Le capitaine Daltry fermait la marche, pointant son pistolet dans le dos du duc.

Ils montèrent jusqu'au second et empruntèrent un petit escalier raide qui conduisait au troisième étage. Le couloir était étroit, avec de nombreuses portes, et Ilitta comprit qu'ils se trouvaient dans les quartiers des domestiques.

Le plancher était couvert de poussière et ils passèrent devant une demi-douzaine de portes avant d'en trouver une ouverte. L'un des hommes, peut-être le capitaine Daltry lui-même, avait dû venir inspecter les lieux avant le déjeuner.

La pièce dans laquelle ils pénétrèrent était nue et froide. Elle ne comportait qu'un lit en fer et un matelas, mais pas de couvertures.

Les tiroirs de la commode n'avaient pas de poignées. Il y avait une table de toilette avec un broc écaillé et une vasque fêlée et, devant la cheminée vide, une vieille carpette usée.

— Comme vous pouvez le constater, dit le capitaine Daltry d'un ton ironique, c'est très confortable ; votre jolie petite sœur aura la chambre attenante.

Courbant la tête sous le plafond mansardé, il passa le premier dans l'autre pièce, qui était encore plus déprimante que la première. Le lit en fer était rafistolé avec de la ficelle, mais il y avait deux minces couvertures posées sur un vieux matelas et, au-dessus du lit, une vieille tapisserie brodée avec de la laine de couleur. Le sol était nu et il manquait un pied à la commode, que l'on avait remplacé par une brique.

Après un bref coup d'œil circulaire, le capitaine Daltry retourna dans la pièce où était resté le duc.

— Si vous songez à vous enfuir, dit-il, sachez qu'Albert sera de garde dans le couloir et que je serai moi-même en bas, prêt à tirer sur ce que je pourrais facilement prendre pour un cambrioleur.

Il se dirigea vers la porte et se retourna pour déclarer :

— Si vous n'êtes pas prêt à signer demain matin, je suis certain que votre sœur saura vous persuader d'être raisonnable. La faim est un argument très convaincant.

Il sortit de la pièce sans attendre de réponse et referma la porte. Ils entendirent d'abord le bruit d'une clef, puis celui d'un verrou que l'on tirait.

En percevant les pas qui s'éloignaient dans le couloir, Ilitta se jeta contre le duc et s'écria :

— Est-ce possible ? Sont-ils vraiment prêts à nous laisser mourir de faim si vous ne leur donnez pas l'argent ?

Le duc lui mit un bras autour des épaules. Il ne la regardait pas. Les yeux fixés droit devant lui, il réfléchissait.

— Il doit y avoir un moyen de se sortir de ce mauvais pas, dit-il à voix basse.

En l'entendant s'exprimer si calmement, elle comprit qu'il était décidé à ne pas capituler. Soudain rassurée, elle sourit.

— Puisque nous ne pouvons pas, de toute évidence, sortir par la porte, murmura-t-elle, pourquoi ne pas essayer la fenêtre ?

C'était une très petite ouverture, sous un pignon pointu qu'Ilitta avait remarqué au sommet de la maison. Elle se souvenait aussi, et un simple coup d'œil le lui confirma, qu'il était très haut et que pour s'échapper par cette issue, il aurait fallu des ailes.

Tout commentaire était superflu. Ils savaient tous deux que leur situation était désespérée. Se dégageant de son bras, Ilitta alla s'asseoir sur le lit. Le matelas de crin était très dur.

— Qu'allons-nous faire ? demanda-t-elle.

— Je l'ignore, répondit le duc d'une voix si basse qu'elle l'entendit à peine.

— Je savais qu'ils étaient déplaisants, faux et rusés, mais pas cruels à ce point, dit-elle.

Tout en parlant, elle ouvrit un petit sac attaché à son poignet par des rubans, dans lequel elle gardait son argent. Elle y prit un crayon, se dirigea vers le mur et commença à dessiner.

C'était un mur blanchi à la chaux et elle réussit, avec une technique qui suscita l'admiration du duc, à représenter le capitaine Daltry avec une tête de renard. La ressemblance était frappante. Puis elle dessina le furet, plus petit, et, les dominant tous deux, grand, balourd et menaçant, se trouvait le lutteur à tête de babouin.

Il lui fallut très peu de temps pour achever ses croquis et, tout en l'observant, le duc pensa qu'aucune femme n'aurait pu se montrer plus vaillante dans des circonstances qui, il fallait l'avouer, étaient fort déplaisantes.

Il était convaincu que Daltry était déterminé à les séquestrer dans le grenier jusqu'à ce qu'il consente à signer. Il se rendit compte trop tard qu'il lui avait facilité la tâche en acceptant de garder le secret et en ne disant à personne, pas même à sa mère, où il allait.

Le marquis de Buxworth n'aurait aucune idée de ce qui s'était passé, il constaterait simplement que le duc n'était pas venu ; lord Armitage, qui l'attendait ce soir, serait simplement déçu.

Que faire ? Il regarda désespérément autour de lui comme s'il espérait trouver une autre sortie, en dehors de la porte verrouillée et de la fenêtre qui surplombait un vide de vingt-cinq mètres.

Puis, alors qu'Ilitta mettait la dernière main aux caricatures de leurs geôliers, le duc traversa la pièce à grandes enjambées et passa dans la chambre voisine.

Il était très grand et il dut incliner la tête et les épaules pour passer sous le plafond en pente. Dans l'autre pièce, il comprit que ses espoirs étaient vains : c'était une prison tout aussi sûre que celle d'à côté. Puis, alors qu'il était sur le point de rejoindre Ilitta, il lui vint une idée. Il examina le plafond avec attention. Il était bas et taché d'humidité, surtout près de la fenêtre, où le plâtre se décollait du mur.

En regardant de plus près, il esquissa un sourire.

— Je me demandais ce que vous étiez en train de faire, dit Ilitta en pénétrant dans la pièce.

Le duc mit un doigt sur ses lèvres puis lui indiqua un endroit du plafond, juste au-dessus de la fenêtre. Elle aperçut une trappe qui permettait d'accéder au toit. C'était une caractéristique des greniers de la plupart des vieilles maisons, et la seule issue par laquelle les ouvriers pouvaient atteindre la toiture pour réparer des fuites ou remettre en place des tuiles arrachées par le vent.

Sous le regard curieux d'Ilitta, le duc alla prendre une chaise, monta dessus, posa les deux mains contre la trappe. Il appuya d'abord prudemment, pour tester sa résistance, puis de plus en plus fort. Elle devait être collée par la peinture. Il lui fallut déployer beaucoup de force avant qu'elle ne cédât soudain sous la pression et ne retombât avec fracas.

Le duc descendit rapidement de la chaise et, se couvrant la bouche avec la main pour donner l'impression qu'il appelait de loin, il s'écria :

— Qu'y a-t-il ? Vous êtes-vous fait mal ?

Il regardait Ilitta tout en parlant et elle comprit que quelqu'un pouvait les écouter.

— Non, non, tout va bien, dit-elle en élevant la voix comme si elle était dans la pièce d'à côté. J'ai simplement renversé une chaise. Je crois que le pied est cassé.

— Mieux vaut le pied de la chaise que le vôtre, répliqua le duc, et Ilitta ne put s'empêcher de rire.

Puis il la prit par la main et l'entraîna dans l'autre chambre. Ils s'assirent côte à côte sur le lit et le duc lui dit :

— Je crois que nous pourrons nous échapper par le toit mais il nous faut reconnaître la voie avant la nuit. Je doute que notre hôte nous donne des bougies. Il aurait trop peur que nous ne mettions le feu à la maison.

Ilitta hocha la tête :

— J'irai en reconnaissance, dit-elle. Il faut que vous restiez ici au cas où ils voudraient vous parler. (Le duc était sur le point de protester mais elle ne lui en laissa pas le temps :) S'ils reviennent, vous pourrez dire que je me suis endormie et que vous ne voulez pas me déranger. Mais si vous, vous ne répondez pas, ils risquent d'avoir des soupçons et de venir voir. Ils pourraient même nous mettre... à la cave.

Sa voix avait tremblé et le duc comprit qu'elle avait sans doute peur des rats.

— Vous croyez vraiment pouvoir examiner le toit ? demanda-t-il.

— Sans aucun doute, répondit Ilitta. Nous avons le même genre de pignons à la maison et j'ai souvent grimpé sur les chevrons en jouant à cache-cache ou en explorant le grenier. (Voyant qu'il n'était pas encore tout à fait convaincu, elle ajouta :) Vous devez admettre que je suis plus légère que vous et qu'il me sera facile de me glisser par la trappe.

— Très bien, acquiesça le duc. Promettez-moi seulement de ne pas prendre de risques. Voyez s'il y a un moyen d'évasion possible puis revenez me dire ce que vous avez trouvé.

Ilitta se contenta de hocher la tête puis se leva et passa dans l'autre pièce.

Elle enleva tout d'abord son chapeau et son manteau et les posa sur le lit. Puis elle les recouvrit avec une couverture, espérant qu'en ne faisant qu'y jeter un coup d'œil, on pourrait croire qu'elle était couchée. Afin de rendre la scène plus réaliste, elle enleva ses chaussures et les laissa dépasser de la couverture. Le duc l'observait et apprécia son ingéniosité. Puis elle se dirigea sous la trappe ouverte et lui fit un signe. Il la prit par les genoux et la souleva doucement jusqu'à ce qu'elle puisse prendre appui sur les chevrons et se hisser à travers l'ouverture.

Comme elle l'avait prévu, il y avait suffisamment de lumière, grâce à des vasistas. En outre, quelques tuiles avaient été emportées par le vent.

Lentement, Ilitta passa à quatre pattes d'une solive à l'autre, en faisant très attention de ne pas glisser car, comme elle l'avait dit au duc, il ne fallait pas prendre le risque de passer le pied à travers le plafond d'une des chambres. Elle ignorait si elles étaient occupées, mais le plâtre risquait de tomber et d'alerter le babouin.

La distance commença à lui paraître longue; ses genoux et ses épaules étaient endoloris, lorsqu'elle vit enfin un mur devant elle. Elle craignit un moment qu'il n'y eût pas d'issue. Mais, en atteignant l'extrémité du grenier, alors qu'elle pensait devoir faire demi-tour, elle vit une lumière qui provenait d'en bas. Les battements de son cœur s'accélérèrent lorsqu'elle aperçut l'extrémité d'une échelle dépassant d'une petite ouverture.

Posés sur l'une des poutres, se trouvaient un marteau et un tournevis. Quelqu'un avait dû travailler là récemment.

Ilitta jeta un coup d'œil dans le trou qui donnait sur le couloir de leurs chambres, où le babouin Albert était censé monter la garde.

Puis, en tournant la tête, elle aperçut des portes qui donnaient sur le couloir, à l'opposé de leurs chambres. Elle était certaine que c'étaient les portes de débarras ou de mansardes minuscules qui étaient souvent dépourvues de fenêtres ; c'était là que dormaient les servantes. La mère d'Ilitta avait toujours refusé qu'on s'en servît chez elle, les jugeant insalubres.

Le babouin, afin de les surveiller confortablement, avait dû s'installer dans une pièce faisant face aux portes qu'il devait garder.

De toute façon, elle ne pouvait que faire des suppositions. Elle savait que le duc ne l'aurait pas approuvée, mais elle décida de tenter sa chance et d'en apprendre un peu plus.

Elle se retourna et chercha du pied les premiers barreaux de l'échelle. Un instant plus tard, elle était dans le couloir. Elle aperçut un escalier semblable à celui par lequel ils étaient montés ; il devait probablement mener aux cuisines.

Elle commença à descendre avec d'infinies précautions, tendant l'oreille pour guetter d'éventuels bruits ou conversations, certaine que dans une maison aussi grande, elle aurait largement le temps de trouver une cachette en cas de besoin.

Elle atteignit le deuxième étage et, voyant que l'escalier se prolongeait, décida qu'elle s'enfuirait par là le cas échéant. Soudain, elle entendit quelqu'un tousser dans une pièce sur sa gauche. Elle s'immobilisa, les muscles tendus, se demandant si elle devait fuir par où elle était venue ou chercher un endroit pour se cacher.

Lorsqu'elle entendit une nouvelle quinte de toux, elle comprit qu'elle venait d'une personne âgée et qu'il ne s'agissait donc pas d'un de leurs geôliers. Guidée par son intuition, elle sut que la personne qui toussait était quelqu'un en qui elle pouvait avoir confiance, et qui les aiderait.

Le bruit était venu de la première pièce, près de l'escalier. Elle s'approcha de la porte et frappa doucement. N'obtenant pas de réponse, elle l'ouvrit.

Elle se retrouva dans une assez grande chambre et vit un vieillard assis dans un fauteuil devant le feu. Il avait les cheveux blancs et était d'une extrême maigreur. Un vieux châle de laine autour des épaules, il tendait les mains vers la flamme.

Elle referma doucement la porte derrière elle.

— Bonsoir, dit-elle. Je vous ai entendu tousser et j'ai pensé que je pourrais peut-être vous aider.

Le vieil homme la regarda avec des yeux larmoyants.

— Qui êtes-vous ? demanda-t-il. Vous n'êtes pas un de ceux à qui le maître a prêté la maison pendant un jour ou deux ?

— Non, répondit Ilitta, mais dites-moi qui vous êtes, vous.

— Je suis le majordome, dit le vieil homme. Lorsque le maître — je l'appelle monsieur John, parce que je l'ai vu naître — est parti avec son régiment, il m'a dit : « Vous et votre femme garderez la maison jusqu'à mon retour. Je sais que je peux vous faire confiance. »

Ilitta s'assit dans un fauteuil en rotin à côté du vieil homme. Elle aussi avait froid, et elle tendit les mains vers le feu.

— Vous dites que votre maître est avec son régiment ? demanda-t-elle, se souvenant que le capitaine Daltry leur avait dit qu'il s'amusait à Londres.

— Oui, il est quelque part dans un pays lointain, répondit le vieil homme, mais il sera bientôt de retour. J'ai reçu une lettre de lui il y a quinze jours, précisant qu'il serait là pour Noël.

— C'est bien, dit Ilitta. Connaissiez-vous ces amis qui ont dit avoir son autorisation de se servir de la maison ?

— Je ne les ai jamais vus de ma vie, répliqua le vieil homme. Ils m'ont donné cinq shillings pour que je reste à l'écart, disant qu'ils voulaient la cuisine et toute la maison pour eux-mêmes. (Il baissa la voix en regardant vers la porte.) Vous ne leur direz pas que je suis encore là ? Ils m'ont dit d'aller au village.

— Non, bien sûr, je ne dirai rien. Et, si vous voulez savoir la vérité, je ne crois pas que votre maître les ait autorisés à prendre ainsi possession des lieux.

Le vieil homme se redressa dans son fauteuil.

— Que me dites-vous là, mademoiselle ? Ce seraient des cambrioleurs ?

— Non, simplement des escrocs, dit Ilitta ; ils essaient de vendre la mine de charbon.

— Vendre la mine ?

Le vieil homme la regarda avec étonnement puis se mit à rire, ce qui déclencha une quinte de toux qui dura quelques minutes.

— Voulez-vous que je vous apporte de l'eau ? demanda Ilitta.

— Non, ça va, parvint-il à dire. Mais vous m'avez fait bien rire !

— Parce que j'ai dit qu'ils vendaient la mine ?

— Il n'y a pas plus d'un sac de charbon à vendre.

— En êtes-vous certain ?

— Bien sûr. Le vieux maître, le père de monsieur John, l'a fermée il y a six ans.

— Parce qu'elle était épuisée ?

— C'est exactement ce que je lui ai dit. C'était moi le contremaître chargé de la mine.

Ilitta retint sa respiration.

— Ainsi, il n'y a plus de charbon là-bas ?

— Un morceau ou deux pour quiconque se donnerait la peine de l'extraire pour se chauffer, mais les gens préfèrent ramasser du bois.

— Si vous étiez le contremaître, vous devez avoir raison.

— Bien sûr. Il y avait beaucoup de charbon lorsque je suis venu ici, et cela a duré environ dix ans. Puis la veine s'est tarie. Le maître a été très généreux. Il a proposé aux mineurs de travailler sur ses terres et seuls quelques-uns d'entre eux ont refusé et sont partis au pays de Galles. Il y a beaucoup de charbon là-bas.

Ilitta, fascinée par cette révélation, gardait les yeux rivés sur le vieil homme, qui semblait ravi d'avoir de la compagnie.

— Je suis content de ne plus travailler à la mine, maintenant que je suis vieux, poursuivit-il. J'ai vécu heureux ici, depuis que monsieur John m'a demandé de m'occuper de la maison avec ma femme.

— Où est-elle ?

— Elle est morte il y a trois mois, dit le vieil homme, et je me sens bien seul sans elle.

— Je comprends, dit Ilitta. Comme c'est triste !

— Elle était des Cornouailles, comme moi.

— Je pensais bien avoir reconnu votre accent, dit Ilitta en souriant.

— Tout le monde parle comme ça en Cornouailles, dit-il.

— Oui. Nous aussi, dans le Worcestershire, nous avons un accent.

— C'est bien vrai, approuva le vieil homme.

— Votre pays doit vous manquer ? demanda Ilitta.

— Oui, mais j'ai dû le quitter. Il y avait beaucoup de cuivre dans la mine là-bas, mais le maître l'a fermée parce qu'il ne voulait pas que des êtres humains passent leur vie sous terre dans l'obscurité.

— Vous travailliez pour un duc ?

— En effet. Le duc de Marazion. Un excellent homme, très compréhensif ; il ne supportait pas l'idée que des hommes puissent souffrir par sa faute. Les bêtes non plus, d'ailleurs.

Le vieil homme s'interrompit pour tousser, et poursuivit :

— C'est pour cela qu'il a fermé la mine de cuivre. Pourtant, comme je le lui ai dit, elle renfermait une fortune. Mais les ducs sont si riches qu'ils n'ont pas besoin d'argent comme nous autres, ajouta-t-il en riant.

— Eh bien, je suis assez d'accord avec votre duc lorsqu'il dit que les êtres humains ne devraient pas être en permanence dans l'obscurité. Mais maintenant, il faut justement que je retourne d'où je viens avant qu'il ne fasse trop sombre pour que je retrouve mon chemin.

Ilitta se leva et le vieil homme lui dit :

— Vous êtes bien jolie et ça m'a fait plaisir de bavarder avec vous. Revenez me voir.

— Il se peut que je revienne dans une heure ou deux, répondit Ilitta. Cela ne vous ennuierait pas ?

— Au contraire. Je pourrai vous raconter d'autres histoires sur le bon vieux temps.

Puis il ajouta avec un peu d'appréhension :

— Vous ne direz pas à ces gens en bas que je suis ici ?

— Non, je vous le promets, répondit Ilitta. Et si par hasard ils vous trouvent, ne leur dites pas que vous m'avez vue, s'il vous plaît.

— Je n'en soufflerai pas mot, fit le vieil homme, qui rit à nouveau, ce qui déclencha une nouvelle quinte de toux.

— Restez bien au chaud, lui recommanda Ilitta. Je vous promets de revenir.

Elle lui serra la main, une pauvre main frêle et décharnée.

— J'ai été très heureuse de faire votre connaissance, dit-elle d'une voix douce.

— Merci, merci, répondit le vieil homme.

Elle le quitta, se glissa par la porte qu'elle referma doucement puis remonta l'escalier sans faire de bruit.

En arrivant en haut, elle pria pour qu'on ne la voie pas. Mais la nuit tombait et même si l'on regardait dans sa direction, on ne verrait qu'une ombre.

Elle se hâta de regagner le grenier. Il faisait beaucoup plus sombre qu'avant mais elle ne faiblit pas et, lorsqu'elle atteignit enfin la trappe, elle vit que le duc avait les yeux levés vers elle.

A son regard, elle comprit qu'il s'était inquiété pendant son absence. Mais il ne dit rien, leva les bras et la prit doucement pour la déposer à terre. Puis il la serra un instant contre lui et elle se sentit en sécurité, comme si elle venait de rentrer chez elle.

Lorsqu'elle le regarda, elle lui trouva une expression étrange, mais elle était si excitée par ce qu'elle avait à lui dire qu'elle n'y prêta pas attention.

— Tout va bien, dit-elle dans un murmure. J'ai trouvé un moyen de nous enfuir et j'ai tant de choses à vous dire...

Le duc, d'un mouvement qu'elle trouva presque brusque, relâcha son étreinte.

— Racontez-moi tout cela.

5

Assise à côté du duc sur le matelas usé, Ilitta lui raconta ce qu'elle avait découvert. Elle était certaine que le vieil homme parviendrait à les faire sortir de la maison sans qu'ils se fassent remarquer.

Elle vit qu'il était ravi des nouvelles qu'elle lui apportait, mais il faisait très attention à ne pas élever la voix : il fallait donner l'impression qu'ils étaient abattus et inquiets.

— Allons-nous partir tout de suite ? demanda-t-elle lorsqu'elle eut fini son récit.

Le duc secoua la tête.

— Je crois que ce serait imprudent. Puisqu'il fait déjà nuit, nous aurions du mal à trouver notre chemin dans les combles et dans le reste de la maison.

Ilitta savait qu'il avait raison, mais elle poussa un soupir :

— J'ai tellement hâte de m'échapper !

— Moi aussi, répondit le duc. Mais il faut que nous mettions au point notre stratégie et que nous ne commettions pas d'erreur.

Il pensait certainement à la réaction violente du capitaine Daltry s'il apprenait que ses prisonniers tentaient de s'échapper : il n'hésiterait pas à mettre ses menaces à exécution et à tirer sur le duc.

— Je suggère, dit-il, que nous nous reposions jusqu'à l'aube. Alors, il y aura assez de lumière pour que nous puissions trouver notre chemin.

Elle lui sourit, et se rendit compte à quel point la chambre s'était assombrie depuis son retour. Il faisait maintenant nuit dehors, et l'on voyait scintiller les premières étoiles.

— J'ai une autre suggestion, dit le duc sans se départir de sa voix calme.

— Quoi donc ?

— Lorsque je voyage sous des climats très froids, mes hommes et moi-même nous couchons contre les chevaux. C'est le seul moyen de ne pas se réveiller le lendemain transformé en bloc de glace.

Ilitta faillit éclater de rire.

— Ce n'est sans doute pas conforme aux bonnes manières, poursuivit le duc, mais je propose qu'en l'absence de chevaux, nous nous étendions côte à côte. Sinon, je crains que vous ne soyez tout engourdie demain matin.

Ilitta répondit sans hésiter :

— Bien sûr, c'est certainement ce qu'il y a de plus raisonnable. Dans laquelle de nos somptueuses suites suggérez-vous que nous nous installions ?

— J'ai fait des recherches pendant votre absence, répondit-il, et j'ai trouvé un vieux polochon qui nous servira d'oreiller et, croyez-le ou non, j'ai découvert une autre couverture.

— C'est certainement un luxe inespéré, dit Ilitta d'un air taquin.

Le duc se leva et prit le manteau de la jeune fille, qui se trouvait sur le matelas. Elle vit qu'il avait déjà emporté les couvertures sur le lit de l'autre chambre.

Il devenait difficile de percer l'obscurité mais elle se rendit compte qu'il ôtait son manteau, et elle savait qu'il avait enlevé ses bottes avant son retour.

Dès qu'ils furent étendus, le duc leur enveloppa les pieds dans l'une des couvertures puis étendit les deux autres sur eux, et enfin mit le manteau d'Ilitta par dessus.

Il lui passa un bras autour des épaules. C'était une sorte d'invite, et elle posa la tête contre sa poitrine. Ainsi blottie, elle avait chaud et se sentait en sécurité.

Elle se rapprocha instinctivement de lui et pensa qu'il était extraordinaire de se trouver dans les bras de cet homme qu'elle avait rencontré la veille. Pourtant, elle avait l'impression de l'avoir connu toute sa vie et elle était sûre de pouvoir lui faire confiance.

Elle ne savait même pas exactement ce qu'elle voulait dire par « confiance ». Elle sentait simplement qu'elle pouvait compter sur lui et qu'il la rassurait. En fait, la terreur qu'elle avait éprouvée en fuyant l'homme qui, la veille, s'était introduit dans sa chambre, avait disparu dès qu'elle s'était trouvée auprès du duc.

— Dormez, dit-il. Je vous réveillerai lorsqu'il sera temps de nous enfuir.

— Il ne faut surtout pas laisser passer l'heure.

— N'ayez crainte, répondit-il. J'ai pris l'habitude, au cours de mes voyages, de me réveiller à l'heure que je voulais.

— J'aimerais que vous me parliez de vos voyages.

— Vous les trouveriez certainement intéressants, mais pour l'instant, je veux que vous dormiez.

Ilitta fut heureuse de savoir qu'il pensait à elle. Elle savait qu'il la protégerait et, une fois de plus, elle se le représenta comme un grand cerf se tenant dans la lande, ses bois se détachant sur le ciel.

J'ai eu beaucoup de chance de le trouver, se dit-elle et, sans s'en rendre compte, elle s'endormit, serrée contre lui.

Le duc, lui, ne dormait pas. Il regardait les étoiles apparaître une à une dans le ciel.

Il était intrigué par les étranges sensations qu'il avait éprouvées lorsque Ilitta avait reparu, après avoir exploré les combles. Son absence avait duré si longtemps qu'il avait craint le pire. Mais si elle s'était fait prendre par un de leurs geôliers, elle l'aurait appelé.

Pour s'occuper, il avait fouillé les deux chambres à fond et trouvé le polochon et la couverture supplémentaire dans une des commodes. Il savait que leurs chambres seraient glaciales durant la nuit. Il pensa aux conditions de vie des domestiques dans les grandes maisons, et se promit que jamais chez lui il n'en serait ainsi.

Si seulement il avait pu allumer un feu ! Il aurait été facile de casser une chaise, ou même une commode, mais il n'avait pas d'allumettes. Et, une fois de plus, il s'était demandé ce qui retenait Ilitta. Il commençait à s'inquiéter sérieusement lorsqu'il avait levé les yeux et l'avait enfin aperçue qui le regardait. Ses cheveux blonds encadraient son visage et il comprit, à l'éclat de son regard, qu'elle avait de bonnes nouvelles à lui annoncer.

Il avait tendu les bras vers elle avec impatience. Puis, la reposant doucement, il l'avait tenue un instant contre lui et ses tempes s'étaient mises à battre. Il avait eu soudain une envie irrésistible de l'embrasser.

Elle était si adorable, avec ses grands yeux posés sur lui et ses lèvres entrouvertes, dans son impatience, de lui apprendre ce qu'elle avait découvert. Il avait dû faire un effort surhumain pour se dominer et ne pas emprisonner ses lèvres dans les siennes.

Il savait que non seulement il l'effraierait, mais qu'en agissant ainsi, il trahirait la confiance qu'elle avait en lui.

Il s'était donc forcé à s'asseoir sur le lit auprès d'elle sans la toucher. Pourtant, il la désirait de tout son être. Elle l'attirait d'une manière étrange, très différente du désir qu'il avait éprouvé pour d'autres femmes. Avec elles, il avait connu le plaisir physique. Avec Ilitta, c'était entièrement différent.

En la tenant dans ses bras, il sentait sa respiration douce et régulière tandis qu'elle glissait dans le sommeil. Et, alors que son cœur brûlait de désir, il éprouvait en même temps le besoin de la protéger de tout ce qui pourrait lui nuire ou l'effrayer.

Le même parfum que celui qu'il avait remarqué dans sa chambre à l'auberge émanait d'elle, mais il ne put y mettre un nom.

Puis, alors que le ciel se constellait d'étoiles, il pensa que les prières de sa mère avaient été exaucées et qu'il avait trouvé la femme parfaite qu'il cherchait depuis toujours. Non pas, comme il l'avait suggéré en riant, au sommet de l'Himalaya, à la source de quelque rivière inconnue ou sur l'Acropole...

Il l'avait trouvée dans une chambre de bonne froide et humide où ils étaient tous deux prisonniers d'un homme sans scrupules, qui exigeait une rançon exorbitante.

Le duc songea, tout en attirant Ilitta plus près de lui, qu'il donnerait volontiers la moitié de sa fortune pour lui épargner la souffrance ou la peur. En même temps, son goût de l'aventure et son courage lui interdisaient de se soumettre sans lutter.

Certes, le plan de Daltry était original, et son idée de vendre une mine de charbon en l'absence de son propriétaire et de réquisitionner sa maison pour faire paraître la chose plus plausible ne manquait pas d'audace.

D'après ce qu'Ilitta avait découvert, Newall lui-même n'avait joué aucun rôle dans cette affaire. Simplement, Daltry avait eu l'habileté de mettre à profit son absence. Si le duc avait naïvement accepté les rapports qu'on lui avait présentés, il aurait perdu 10 000 livres sans pouvoir se retourner contre Daltry. Ce dernier avait misé sur le fait que le duc n'aimerait pas révéler qu'il s'était fait posséder, et ne le poursuivrait donc pas pour escroquerie.

Il aurait été très facile de prouver la culpabilité de Daltry mais, si l'on avait appris que le duc avait été assez crédule pour faire confiance à un escroc, sa réputation en aurait souffert.

Cela me servira de leçon, se dit-il. Et pourtant, ce que Daltry ignore, c'est que le destin m'a apporté, cachée dans le brouillard, une perle qui vaut un million de fois plus que toutes les mines de charbon du monde !

Il imaginait déjà la joie de sa mère lorsqu'il lui parlerait d'Ilitta. Puis il se souvint qu'il ne savait rien d'elle. Qui étaient ses parents ? D'où venait-elle ? Mais, fût-elle née dans le ruisseau, cela n'aurait pas d'importance ; même si elle était la fille d'un mineur, il l'épouserait.

Cependant, il en était certain, elle était bien née. Tout en elle était noble — ses gestes, sa façon de parler...

Il effleura du bout des lèvres ses cheveux blonds et soyeux.

— Je vous aime, mon amour, murmura-t-il. Lorsque nous serons libres, je vous le dirai.

C'était étrange de tenir ainsi dans ses bras une femme qui, pour la première fois de sa vie, ne voyait pas l'homme en lui, alors que lui était sensible à sa féminité. Mais à présent, Ilitta dormait profondément, du sommeil confiant d'une enfant.

Le duc pensa que c'était l'une des expériences les plus fascinantes qu'il eût vécues, que de trouver quelqu'un d'aussi spontané, de si innocent et pur, dans un monde où les femmes se servaient de leurs charmes comme d'une arme pour attirer et emprisonner les hommes.

— Je vous aime, mon trésor, répéta-t-il tout bas.

Puis il souhaita que le jour se lève afin de pouvoir lui parler. Il avait hâte de revoir la fossette au coin de sa joue lorsqu'elle lui sourirait.

Ilitta sentit le sommeil la quitter par vagues. Il lui fallut une seconde pour se souvenir de l'endroit où elle était et de ce qui s'était passé la veille.

Le duc était debout. Elle ouvrit les yeux et le vit à côté du lit dans les premières lueurs de l'aube.

Elle ne dit rien. Elle était maintenant parfaitement réveillée et savait qu'ils ne devaient pas faire de bruit. Elle rejeta vivement les couvertures et se rendit sur la pointe des pieds dans la chambre voisine. Le duc la suivit. Elle ramassa ses chaussures et les tint à la main tandis qu'il posait leurs manteaux sur le lit. Puis, la prenant par les genoux comme la veille, il la souleva et la fit passer par la trappe.

Lorsqu'elle fut sous les combles, Ilitta s'arrêta un instant pour repérer le chemin le plus aisé. Puis elle se rendit compte que le duc lui tendait quelque chose : ses bottes. Elle les posa soigneusement sur une poutre et s'éloigna, lui laissant toute la place nécessaire pour se hisser vers elle, ce qu'il fit avec souplesse. L'instant d'après, il était accroupi à côté d'elle. Elle lui sourit.

Elle commença sa lente progression. Ses chaussures, qu'elle tenait à la main, la gênaient. Le duc, qui portait leurs deux manteaux et ses bottes, avançait sans hésiter.

De nouveau, elle dut parcourir le long chemin sous les combles jusqu'à l'extrémité du grenier. Elle atteignit enfin l'échelle, sachant qu'ils risquaient d'être découverts en descendant et en traversant le couloir surveillé par le babouin.

Ils avaient eu raison d'attendre l'aube : leur gardien avait dû succomber à la fatigue et devait ronfler paisiblement, sans songer une seconde qu'ils pouvaient s'échapper.

Ils atteignirent l'étage inférieur sans problème. Ilitta ouvrit la porte de la pièce occupée par le vieil homme. Le feu brûlait encore dans l'âtre et il était toujours assis dans le fauteuil, enveloppé dans son châle, une couverture sur les pieds. A côté de lui, il y avait une bougie presque consumée. Dès qu'ils entrèrent, il ouvrit les yeux :

— Ah, c'est vous !

— Oui, je suis revenue, dit Ilitta. Avec un ami. Nous voulons fuir ces hommes qui n'ont aucun droit d'être dans la maison de votre maître.

— Je veillerai à ce que monsieur John se charge d'eux lorsqu'il reviendra.

— Ce qui est plus important, dit le duc de sa voix calme, c'est que vous nous disiez comment sortir de cette maison sans que personne nous voie.

— Où voulez-vous aller ? demanda le vieil homme.

— Aux écuries, répondit le duc. Mes chevaux y sont. Nous pourrons alors nous enfuir à cheval.

— Soyez prudents, leur recommanda le vieux majordome. Je me demande ce que dira monsieur John lorsqu'il apprendra que des gens se servent de sa maison pour vendre une mine de charbon où il n'y a pas de charbon !

Il regarda Ilitta et rit, puis fut pris d'une quinte de toux.

— Dépêchons-nous, dit le duc. Où sont les écuries ?

Le vieil homme leur indiqua le chemin qu'ils devaient emprunter, jusqu'à une porte qui menait au jardin.

— Si vous restez dans les buissons, personne ne vous verra, ajouta-t-il. Les écuries seront juste à votre droite.

— Merci beaucoup, dit le duc. Lorsque votre maître reviendra, je lui écrirai pour lui dire quel service vous nous avez rendu.

— Ce sera gentil de votre part, Sir. Je ne voudrais pas qu'il pense que j'ai failli à mon devoir en laissant entrer ces escrocs en son absence.

— Vous n'auriez pas pu les en empêcher, répondit le duc, alors restez caché jusqu'à ce qu'ils partent.

Il mit deux pièces d'or dans la main du vieillard et, tandis que celui-ci les regardait, incrédule, Ilitta se pencha vers lui et lui prit la main.

— Merci... merci beaucoup. Je suis sûre que votre femme, là où elle se trouve, pense à vous et vous aime toujours.

Les larmes aux yeux, le vieil homme s'apprêtait à répondre, mais il n'en eut pas le temps ; ils s'étaient déjà glissés hors de la chambre et avaient doucement refermé la porte derrière eux.

Main dans la main, ils descendirent jusqu'au rez-de-chaussée et suivirent les directives du majordome jusqu'à ce qu'ils trouvent la porte donnant sur le jardin. Le duc tira les verrous en prenant soin de ne pas faire de bruit.

L'air froid leur caressa le visage tandis qu'ils se faufilaient parmi les buissons. Devant l'écurie, ils s'immobilisèrent et les doigts d'Ilitta serrèrent ceux du duc car elle craignait que le palefrenier du capitaine Daltry ne soit debout et ne les aperçoive.

Le duc s'avança le premier et entra. Il y avait une longue rangée de boxes, mais Ilitta ne vit que l'équipage du duc ainsi qu'un seul autre cheval, qui appartenait sans doute au capitaine Daltry.

Le duc inspecta les boxes vides et s'arrêta devant l'un d'eux. Hanson y dormait sur un tas de paille. Le duc lui posa la main sur la bouche avant de le réveiller, puis chuchota :

— Où est le palefrenier de Daltry ?

— Dans la soupente, répondit Hanson. Je suis resté ici pour être près des chevaux.

— C'est bien, approuva le duc. A présent, sortons d'ici. Il faut vite seller les chevaux.

Hanson se leva et le duc lui donna ses instructions. Visiblement, le valet s'était déjà trouvé dans des situations difficiles avec son maître. Il ne s'étonnait de rien et était prêt à s'adapter aux circonstances, aussi inattendues fussent-elles.

Le duc ne perdit pas de temps.

Ils trouvèrent des selles ; par chance, il y avait une selle d'amazone, qu'ils placèrent sur le dos d'un des chevaux du duc. Ilitta comprit qu'ils laisseraient le phaéton sur place. Il serait facile de le récupérer plus tard. Ils monteraient chacun un cheval, et Hanson mènerait le quatrième à la longe.

Pendant qu'ils sellaient, ils tendaient l'oreille, redoutant d'entendre le palefrenier bouger au-dessus de leurs têtes.

— Il a bu pas mal de bière hier soir, dit Hanson. Il lui faudra du temps pour reprendre ses esprits.

Il sourit. Manifestement, il prenait plaisir à berner l'homme chargé de le surveiller.

Lorsque les chevaux furent prêts, le duc sortit pour voir par où ils pourraient s'enfuir.

D'un côté, la cour donnait directement sur l'allée devant la maison. S'ils partaient par là, on pourrait les voir de n'importe quelle fenêtre. Le duc ne dit rien, mais Ilitta comprit qu'il craignait que le capitaine Daltry ne leur tire dessus s'il les apercevait.

Le duc découvrit alors, à l'arrière de l'écurie, une porte donnant sur un paddock. Il la montra à Hanson. Se déplaçant en silence, le duc partit le premier, suivi d'Ilitta puis de Hanson, qui menait les deux derniers chevaux de l'équipage.

Dès qu'ils furent dehors, le duc aida Ilitta à se mettre en selle. Elle se rendit compte qu'elle avait oublié son chapeau. Elle devait avoir l'air négligé, avec ses cheveux flottant au vent. En fait, le duc la trouvait ravissante et radieuse dans les premières lueurs de l'aube.

Mais ce n'était pas le moment de rêver, et il se ressaisit : plus vite ils seraient partis, moins ils courraient de risques. Il sauta en selle et partit en tête. Arrivé à l'extrémité de l'enclos, il s'apprêta à mettre pied à terre pour ouvrir la barrière. Comme si elle devinait ses pensées, Ilitta poussa son cheval et la franchit d'un bond gracieux.

Hanson, qui devait conduire deux chevaux, allait moins vite. Lorsque Ilitta et le duc se retournèrent, ils virent qu'il était loin derrière eux. Mais maintenant, ils étaient à bonne distance de la maison, hors de danger.

— Nous avons réussi ! s'écria Ilitta.

— Oui, dit le duc, et je ne me suis jamais senti aussi heureux depuis une victoire à l'Ascot Gold Cup.

Elle rit et il poursuivit :

— J'aimerais voir la tête de Daltry quand ils ouvriront nos chambres pour voir si le froid et la faim ont eu l'effet qu'ils escomptaient !

— Heureusement que vous avez trouvé la trappe !

— Et que vous avez trouvé le vieil homme qui nous a indiqué par où passer, répondit le duc.

— Vous n'oublierez pas d'écrire à son maître comme vous l'avez dit ?

— Ilitta, vous m'offensez ! Je tiens toujours parole !

— Bien sûr ! J'en suis convaincue.

Ils se sourirent.

Puis, comme le soleil se levait, ils galopèrent à travers champs, heureux d'avoir triomphé de leurs ennemis, mais aussi d'être ensemble.

Au bout de quelques kilomètres, le duc déclara :

— Je crois que mon hôte serait surpris de me voir arriver si tôt et, comme je meurs de faim, je propose que nous nous arrêtions quelque part pour prendre un petit déjeuner.

Ils étaient en rase campagne, et elle demanda :

— Que suggérez-vous ? Que nous broutions de l'herbe ?

— J'ai une bien meilleure idée, répondit-il. Je vais trouver une ferme et demander l'hospitalité pour trois voyageurs affamés.

— On dirait que c'est une chose que vous avez déjà faite auparavant.

— Pas en Angleterre, dit le duc, mais les Arabes sont très généreux et les monastères tibétains ne refusent jamais l'hospitalité.

Ilitta poussa une petite exclamation de plaisir.

— Vous me parlez de vos voyages, comme promis ! dit-elle.

— Pour l'instant, je préférerais parler de nourriture ! répondit le duc.

Il éperonna son cheval et ils galopèrent encore pendant un kilomètre ; enfin, ils aperçurent une jolie ferme de style Tudor, caractéristique à la fois du Worcestershire et du Gloucestershire. La ferme avait l'air prospère et le duc était certain qu'ils y seraient bien accueillis.

Une demi-heure plus tard, Ilitta et le duc étaient installés dans un confortable salon, près d'un feu qui crépitait dans l'âtre. Tandis que la fille du fermier, une jeune femme plantureuse, posait sur la table une miche de pain fraîchement cuite, une énorme motte de beurre et un pot de miel, Ilitta dit avec un petit rire :

— Quand nous raconterons ce qui nous est arrivé depuis hier matin, personne ne nous croira !

— C'est pourquoi nous ne dirons rien.

— Vous comptez garder cela secret ?

— Je n'ai encore rien décidé, répondit le duc.

Il était confortablement installé dans un fauteuil. Ilitta avait enlevé son manteau et s'était assise sur la fourrure posée devant l'âtre pour profiter de la chaleur du feu. Elle l'observa un moment et déclara :

— Je me trompe peut-être, mais j'ai l'impression que vous ne tenez pas à ce que vos amis sachent que vous avez été abusé et menacé par un homme tel que Daltry.

— C'est exact, admit le duc. Cette histoire ferait le tour de Londres comme une traînée de poudre et serait déformée. Et on ne manquerait pas de souligner que j'étais accompagné d'une jolie femme.

— Mais vous avez bien précisé que j'étais votre sœur.

— Bien sûr, répondit le duc, mais c'est encore plus grave, car jamais je n'aurais dû laisser ma sœur approcher un homme comme Daltry.

— Mais il m'a prise pour une enfant.

— Vous n'êtes pas si jeune que cela, répondit le duc, et je fais très attention aux fréquentations de ma sœur.

Ilitta réfléchit :

— Qu'allez-vous raconter à lord Armitage ?

— Je crois que le mieux serait de dire que nous avons été retenus par le brouillard. Puis nous avons eu un incident avec le phaéton. Nous avons donc été contraints de l'abandonner et de continuer à cheval.

Ilitta battit des mains.

— C'est très astucieux !

— Le brouillard est toujours imprévisible à cette époque de l'année, poursuivit-il, et il peut être la cause de nombreux incidents.

— Et où sommes-nous censés avoir passé la nuit dernière ?

— A l'endroit où je vous ai rencontrée, répondit le duc. Nous omettrons tout simplement de mentionner l'incident très déplaisant qui a eu lieu chez M. Newall, car lord Armitage a certainement entendu parler de lui et nous ne devons pas l'impliquer dans cette affaire.

— Il vaut mieux que vous disiez à Hanson ce que vous avez décidé.

— Bien sûr, dit le duc. D'ailleurs, il vient d'arriver dans la cour avec les chevaux ; je vais aller lui parler et m'assurer qu'on lui donnera de quoi se restaurer.

Après son départ, Ilitta, le regard plongé dans le feu, pensa que toute cette aventure était très amusante. Comment aurait-elle pu deviner que tant de choses extraordinaires lui arriveraient en si peu de temps ? Pourtant, elle n'oubliait pas à quel point elle avait eu peur lorsque l'homme l'avait abordée dans l'auberge, puis avait forcé sa serrure. Mais tous les hommes ne sont pas comme lui, se dit-elle. Quelle chance j'ai eue de rencontrer sir Ervan !

Ses yeux s'adoucirent en pensant à lui. Elle n'avait jamais imaginé qu'un homme pût être aussi beau, sûr de lui et compétent, et en même temps si doux et prévenant. Elle avait dormi si paisiblement dans ses bras qu'elle n'éprouvait pas la moindre fatigue.

Il lui sembla soudain choquant d'avoir passé la nuit auprès d'un homme qui, en fait, était un étranger. Mais c'était la solution la plus raisonnable. Si elle avait dormi dans les écuries, elle se serait certainement serrée contre un cheval pour avoir chaud.

Le duc revint, et son cœur bondit. Il lui sourit. Comme il était séduisant !

— Vous avez prévenu Hanson ?

— Oui, répondit-il en reprenant sa place dans le fauteuil.

— Vous êtes sûr qu'il saura tenir sa langue lorsque nous arriverons chez lord Armitage ?

Le duc secoua la tête.

— Hanson est à mon service depuis de nombreuses années et il est toujours prêt à affronter les situations les plus difficiles.

Le duc n'ajouta pas qu'il avait dit à Hanson, lorsqu'il l'avait rejoint dans la cour :

— Et n'oubliez pas, Hanson, que la jeune femme qui est avec moi est ma sœur, lady Georgina. Il serait très ennuyeux que lord Armitage la prît pour quelqu'un d'autre.

Hanson l'avait regardé d'un air entendu que le duc avait trouvé légèrement impertinent, mais dont il ne s'était pas offusqué. Il avait ajouté :

— Dites aux domestiques du fourgon que nous avons rencontré lady Georgina à l'auberge, où elle a dû s'arrêter en raison du brouillard.

Il n'avait pas attendu la réponse de Hanson et était reparti, pressé de retrouver Ilitta.

Jamais il n'avait vu une femme si fraîche et si belle dès le réveil ; si belle, et pourtant si inconsciente de sa beauté.

Lorsque la fille du fermier arriva avec un immense plat d'œufs, de jambon et de saucisses, il fut aussi amusé de voir le visage d'Ilitta s'éclairer.

— Je meurs de faim ! s'exclama-t-elle.

Les femmes sophistiquées que fréquentait le duc faisaient très attention à leur ligne. Pour conserver leur taille de guêpe, elles dévoraient des yeux mais picoraient à peine les mets savoureux préparés par son chef.

Ilitta, jeune sylphide fragile et féerique, n'en mangea pas moins deux œufs, plusieurs saucisses et trois tranches de jambon. Sans compter une tartine de pain chaud sur laquelle elle avait généreusement étalé du beurre et du miel.

— Je crois que je n'ai jamais autant apprécié un repas ! s'exclama-t-elle.

— Je dois vous féliciter, dit le duc.

— De quoi ?

— D'avoir supporté l'inconfort de la nuit dernière sans vous plaindre. Nos geôliers ne nous avaient même pas laissé d'eau pour nous désaltérer.

— Croyez-vous vraiment qu'ils nous auraient gardés prisonniers jusqu'à ce que la faim nous pousse à nous rendre ?

— J'en suis certain. Daltry a dû dépenser beaucoup d'argent pour le repas qu'il nous a offert hier, la mise en scène à la mine, les voitures qui nous y ont emmenés et, bien sûr, les frais du voyage pour lui et ses hommes depuis Londres. Or, j'imagine qu'il n'en a pas les moyens.

— Il sera furieux quand il découvrira que nous nous sommes échappés !

— Je suis sûr qu'il punira sévèrement le babouin ; c'est lui qui était censé nous surveiller.

Ilitta se souvint des mains immenses du lutteur et de ses muscles impressionnants, et frissonna.

— Nous oublierons les mauvais côtés de cette aventure, dit le duc. Et plus tard, ce sera une merveilleuse histoire à raconter à nos enfants et à nos petits-enfants.

— Et j'en ferai un livre illustré pour eux ! s'exclama Ilitta.

Le duc pensait aux enfants qu'ils auraient ensemble, mais elle n'avait pas compris qu'il y avait une allusion aussi personnelle dans sa remarque.

Ils terminèrent paisiblement leur petit déjeuner. Lorsque Ilitta déclara qu'elle ne pouvait avaler une bouchée de plus, le duc dit à contrecœur :

— Eh bien, nous allons devoir nous remettre en route.

Elle le regarda, puis dit :

— Je devrais peut-être... à présent que vous n'avez plus besoin de mes services... vous quitter ?

Le duc aurait dû s'attendre à cette question. Il répondit en toute hâte :

— Non, je ne peux pas vous permettre de faire une chose pareille. Vous m'avez été d'un grand secours et vous m'avez sauvé d'une situation abominable. Je me sens responsable de vous et, si vous voulez toujours aller à Londres, je vous y emmènerai.

Elle le regarda un instant, incrédule :

— Vraiment ?

— Bien sûr. Je ne peux pas vous laisser voyager par la malle-poste et risquer de vous faire encore accoster par un individu aux intentions suspectes, ou, pis encore, de rencontrer le capitaine Daltry et ses acolytes, qui vont eux aussi rentrer à Londres.

Tout en parlant, le duc trouva son dernier argument excellent.

Ilitta poussa un petit cri.

— Je n'avais pas pensé à cela ! Bien sûr, je ne peux plus aller à Londres maintenant, à moins que vous ne m'accompagniez.

— Voici ce que nous allons faire, dit le duc. Nous passerons la nuit chez lord Armitage. Il n'a jamais vu ma sœur et il ne soupçonnera rien. Et demain, nous verrons si vous souhaitez toujours aller à Londres ou bien si vous préférez vous rendre chez un autre de mes amis.

D'ici là, il lui aurait dit qu'il l'aimait et il connaîtrait sa réaction. En la regardant, il savait qu'elle ne soupçonnait pas le moins du monde quels étaient ses sentiments, et qu'elle se comportait avec lui exactement comme s'il avait été son frère.

Il éprouvait une étrange sensation en constatant que, pour la première fois de sa vie, il ignorait les sentiments d'une femme à son égard. Jusqu'à présent, il avait toujours su, d'après une étincelle dans leur regard, une moue provocante ou la façon dont elles tendaient les mains vers lui, qu'il lui suffisait d'un geste pour qu'elles se donnent à lui.

Ilitta, en revanche, le traitait depuis le début comme une personne en qui elle avait confiance et qui la protégerait en cas de besoin, mais d'une façon aussi sereine que s'il avait été son frère, voire son père.

Il faut que je lui apprenne à m'aimer, pensa le duc avec une détermination presque désespérée.

Il se rendait compte qu'en raison de son extrême jeunesse, il lui faudrait l'approcher avec d'infinies précautions. Il avait toujours pensé que la confiance était un sentiment qui naissait spontanément entre deux êtres ; un lien fragile et précieux, avec lequel il ne fallait pas jouer.

Elle me fait confiance, se dit-il, et je jure de ne jamais la décevoir.

A travers la fenêtre, le soleil parait d'or la chevelure d'Ilitta. Ses mèches soyeuses encadraient son visage et retombaient sur ses épaules. Elle avait l'air si jeune qu'il lui semblait presque inconvenant de penser à elle comme à une femme, une femme qu'il voulait épouser.

Pourtant, la veille, alors qu'elle était étendue près de lui, un désir fou s'était emparé de lui. En même temps, il la respectait infiniment, il avait pour elle une sorte de vénération. Elle était différente des autres et il lui semblait qu'elle lui appartenait depuis toujours et serait à lui pour l'éternité.

Il savait qu'avant de lui demander d'être à lui, il lui faudrait l'éveiller à ce qu'était l'amour entre un homme et une femme. Ce serait la chose la plus exaltante qu'il aurait jamais accomplie ; il savait aussi que ce serait la plus difficile.

Il réfléchissait si intensément qu'il fut surpris lorsque Ilitta lui demanda :

— Êtes-vous certain de vouloir que je vous accompagne ? Je ne voudrais pas être un fardeau pour vous. Après tout, c'est moi qui me suis imposée à vous.

— J'en ai été ravi, dit-il. Si vous n'aviez pas été là pour me dire que Daltry et ses acolytes étaient des escrocs, j'aurais pu être assez naïf pour accepter ses « propositions ».

— Le renard, le furet et le babouin ! récita Ilitta. Je suis contente de ne pas m'être trompée et de les avoir perçus tels qu'ils étaient vraiment.

— Enfin, ils ne nous ennuieront plus à l'avenir. J'espère seulement que notre hôte de ce soir ne vous apparaîtra pas comme un tigre mangeur d'hommes !

— Je pense que c'est peu probable, répondit Ilitta en riant. Mais si c'est le cas, je ne manquerai pas de vous prévenir !

Ils s'attardèrent encore un peu à la ferme. La conversation avec Ilitta était un vrai plaisir. Avec elle, le duc riait de bon cœur. Il était détendu, il n'avait pas à redouter les sous-entendus et les allusions qui émaillaient les propos des femmes qu'il côtoyait habituellement dans les salons de Londres.

Ilitta monta se rafraîchir et se laver les mains ; en redescendant, elle vit la fille du fermier, les joues rouges de confusion, qui remerciait le duc. Manifestement, il s'était montré plus que généreux en réglant la note.

Les chevaux les attendaient dehors et ils se mirent en route, sans se presser, profitant du soleil d'automne et bavardant à bâtons rompus.

Le duc lui raconta comment il s'était perdu dans une tempête de sable, lors d'un voyage à travers le désert. Il lui décrivit aussi son expédition dans le Caucase, dont il avait admiré les montagnes et les gorges splendides.

— Vous avez beaucoup de chance, dit-elle avec un soupir. Vous avez vu tant de choses et rencontré tant de gens dont je ne connais l'existence qu'à travers les livres !

— Vous avez tout le temps, lui dit le duc, et peut-être votre mari, lorsque vous en aurez un, vous fera-t-il visiter tous les endroits que vous voulez voir.

A sa surprise, Ilitta se raidit et dit fermement :

— Je ne veux pas me marier.

— Pourquoi donc ?

— Pour des raisons qui me sont personnelles et dont je ne veux pas parler.

En disant cela, elle fit accélérer son cheval et il fallut une minute ou deux au duc pour la rattraper.

— Cela m'intéresse, lui dit-il. Dites-moi pourquoi vous ne voulez pas vous marier. Les femmes sont faites pour le mariage.

— Voilà bien un point de vue masculin !

— C'est aussi ce que pensent la plupart des femmes, répliqua le duc qui parlait d'expérience.

— Eh bien... je veux étudier la peinture et être moi-même.

— Seule ?

Elle ne répondit pas et il vit son visage s'empourprer. Sans doute pensait-elle aux dangers de la solitude, dont elle avait eu un aperçu récemment.

Il avait l'impression qu'elle n'était plus aussi pressée d'aller à Londres, et qu'elle n'avait pas envie de le quitter pour le moment. C'était un début encourageant, mais il s'interrogeait quant à la suite des événements. Il savait simplement qu'il lui fallait être patient et ne pas la brusquer.

Le duc, qui avait dressé beaucoup de jeunes chevaux, savait qu'il fallait les traiter avec douceur et compréhension. Il en était de même pour Ilitta, pensa-t-il. Il avait hâte de la choyer, de lui offrir tout ce dont elle rêvait, de lui prouver son amour. Mais il fallait d'abord l'apprivoiser.

Ses propres sentiments le stupéfiaient, tant ils étaient différents — tellement plus profonds, plus intenses et exaltants — que ce qu'il avait éprouvé jusque-là pour ses maîtresses.

Sa mère lui avait dit qu'elle avait eu un coup de foudre. Cela n'était pas exactement le cas pour lui, et pourtant, dès le moment où Ilitta était apparue dans sa chambre, il avait compris qu'il était là pour l'aider et la protéger. C'était déjà de l'amour, mais il n'en avait pas encore pris conscience.

Il éprouvait à présent un amour tel qu'il n'en avait jamais connu auparavant, sauf dans ses rêves.

Je l'aime ! dit-il presque à haute voix en la regardant chevaucher à côté de lui, les cheveux au vent, infiniment gracieuse ; elle semblait heureuse et le bonheur mettait du soleil dans ses yeux.

Ils avaient pris tout leur temps et il était presque l'heure du déjeuner quand ils arrivèrent en vue du château de lord Armitage.

C'était un bel exemple d'architecture de style Tudor ; la demeure était si impressionnante qu'Ilitta se sentit gênée : elle n'était vraiment pas habillée pour une réception dans le grand monde !

Comme s'il avait deviné ses pensées, le duc la rassura :

— Ne vous inquiétez pas. Armitage est veuf et mène une vie recluse. Je ne pense pas qu'il aura invité beaucoup de monde en mon honneur.

— Votre fourgon devrait être arrivé maintenant et vous aurez tout ce qu'il faut pour vous changer, dit Ilitta. Mais comment expliquer que je n'aie pas de bagages ?

Le duc réfléchit un moment :

— Je pourrais dire que vous n'avez fait qu'une partie du voyage avec moi et que votre malle vous a précédée chez vos amis, où vous deviez vous rendre. Mais lorsque nous avons été surpris par le brouillard, nous sommes bien entendu restés ensemble.

— Vous êtes merveilleux ! s'exclama Ilitta. Vous trouvez une explication plausible pour tout. Cette version des faits est très vraisemblable et je pourrai peut-être emprunter des vêtements si l'on en trouve à ma taille.

— Ne vous inquiétez pas. Je crois me souvenir qu'Armitage a des filles. L'une d'elles doit avoir votre âge.

— Souhaitons-le, dit Ilitta en souriant.

Elle espérait pouvoir emprunter une robe qui la mettrait en valeur et plairait au duc. Elle se rendait bien compte que la tenue qu'elle portait depuis la veille n'était plus très fraîche. Et même s'il ne le remarquait pas, elle voulait être présentable pour lui faire honneur. Après tout, elle était censée être sa sœur !

Quand ils arrivèrent devant le château, des palefreniers apparurent aussitôt, comme s'ils les attendaient, ainsi que deux valets qui descendirent les marches du perron.

Dans le vestibule, un homme jovial, d'âge mûr, s'avança vers eux.

— Bienvenue, mon cher duc ! s'exclama-t-il. Je suis ravi de vous voir.

C'est alors que le duc se souvint qu'il n'avait toujours pas révélé sa véritable identité à Ilitta. En fait, cela lui était complètement sorti de l'esprit, jusqu'au moment où lord Armitage lui avait donné son vrai titre.

Il était trop tard pour y remédier ; il serra la main de son hôte, et, voyant que le marquis regardait Ilitta d'un air interrogateur, il ne put que dire :

— Je suis désolé de ne pas avoir pu vous prévenir, mais en raison du brouillard qui a contrarié tous mes plans et ceux de ma sœur Georgina, je me suis permis de l'emmener avec moi.

— J'en suis ravi, dit lord Armitage. Je suis enchanté, lady Georgina, C'est un grand plaisir de faire votre connaissance.

Le duc avait vu Ilitta pâlir légèrement lorsque lord Armitage lui avait donné son titre mais, avec une présence d'esprit qu'il ne put qu'admirer, elle fit une révérence à son hôte et répondit d'une voix presque ferme :

— Je vous remercie de bien vouloir... m'accueillir.

— J'emmenais ma sœur chez des amis à elle, expliqua le duc, mais, en raison du brouillard, nous avons dû passer la nuit dans une auberge. (Il sourit et ajouta :) Vous ne voudrez pas me croire, Armitage, mais j'ai eu un léger accident avec mon phaéton et j'ai dû l'abandonner en route.

— Ce n'est pas possible ! s'exclama lord Armitage. Vous, conducteur émérite, vainqueur de toutes les compétitions du pays, comment avez-vous pu avoir un accident ?

— Je ne peux qu'incriminer le brouillard, répondit le duc.

— J'ai entendu dire qu'il était très dense, au nord d'ici, admit lord Armitage.

— En effet, et c'est pourquoi les bagages de Georgina ont dû la précéder là où elle devait se rendre.

— Ne vous inquiétez pas, dit lord Armitage. Mes filles lui prêteront tout ce dont elle a besoin. La cadette est à peu près de la même taille. Elle est malheureusement absente en ce moment, mais Harriet est là et brûle d'envie de faire votre connaissance.

Prenant la situation en main, lord Armitage dit au majordome d'accompagner Ilitta chez l'intendante, puis entraîna le duc dans le salon où sa fille Harriet les attendait.

Le duc avait déjà eu de nombreuses surprises depuis la veille, mais Harriet lui en réservait encore une. La fille de lord Armitage, mariée au comte de Soissons, vivait à Paris et se trouvait en visite chez son père. Elle ressemblait à une orchidée exotique et paraissait totalement déplacée dans un manoir anglais.

Elle s'était mariée à dix-huit ans, et neuf années de vie en France lui avaient donné le maintien, la sophistication et l'allure des Français, que le duc avait trouvé fascinants autrefois. Mais à présent, en raison de ses sentiments pour Ilitta, il pensa simplement que la comtesse exagérait outrageusement son évidente entreprise de séduction.

Il pensa, avec un sourire amusé, qu'il connaissait chaque ruse qu'elle emploierait, presque chaque mot qu'elle prononcerait, et qu'il pouvait prévoir chaque allusion qu'elle ferait. En fait, il aurait préféré parler chevaux avec son hôte.

Il attendait avec impatience qu'Ilitta les rejoigne. Il espérait qu'elle n'était pas trop impressionnée par la taille de la maison et le nombre de serviteurs qui semblaient apparaître de toutes parts. Des valets de pied en livrée apportèrent le champagne. Il y en avait six autres qui attendaient dans le vestibule et il craignait qu'Ilitta ne se sentît intimidée. En vérité, il s'inquiétait de l'absence prolongée de la jeune fille.

Lorsqu'elle arriva enfin, il vit qu'elle avait profité de l'offre de lord Armitage et qu'elle portait une très jolie robe. D'un bleu pâle, elle mettait parfaitement en valeur son teint clair et ses grands yeux. Elle avait noué ses cheveux d'or avec un ruban assorti à sa robe et, tandis qu'elle s'avançait vers lui, le duc eut l'impression qu'un rayon de soleil venait de pénétrer dans la pièce.

— Je vois qu'on est arrivé à vous trouver quelque chose, lady Georgina, remarqua lord Armitage.

— Oui, merci. Je vous suis très reconnaissante. Mon frère et moi avons dû monter à cheval alors que je n'avais même pas de tenue d'amazone.

— Je suis sûr que nos ennuis sont maintenant terminés, dit le duc d'un ton rassurant.

Il pensait qu'Ilitta se tournerait vers lui pour lui adresser un sourire complice en songeant à leur petit secret, mais, à sa grande surprise, elle ne lui accorda pas un regard. Il fut persuadé que c'était parce qu'elle avait appris sa véritable identité et qu'elle lui en voulait de la lui avoir dissimulée.

Lorsque lord Armitage la présenta à Harriet, la comtesse la gratifia d'un signe de tête tout juste poli. Visiblement, l'idée qu'une écolière se joindrait à leur groupe ne l'enchantait pas.

— J'ai tellement entendu parler de vous, mon cher duc, minauda-t-elle en tournant le dos à Ilitta.

— Eh bien, j'espère.

— Naturellement ! Même en France vous êtes un héros, surtout depuis que vous avez battu leur champion d'escrime.

— C'était il y a bien longtemps !

— Mais on en parle encore, tout comme on parle de *vous*, dit la comtesse.

Pendant le déjeuner, elle ne cessa de le flatter et se montra si entreprenante qu'il put à peine échanger deux mots avec les autres convives.

— Ne sachant pas à quelle heure vous alliez arriver, dit lord Armitage, mais comptant fermement sur vous, j'ai organisé une petite réception pour ce soir car bon nombre de mes amis souhaitent faire votre connaissance. Ai-je besoin de préciser que ce sont des amateurs de courses et que la conversation portera sur les chevaux, encore les chevaux et toujours les chevaux ? ajouta-t-il en riant.

C'était ce qu'avait espéré le duc en demandant à lord Armitage de le recevoir, mais soudain une voix lui dit doucement à l'oreille :

— J'espère que je saurai empêcher cela ! Il y a tant de choses plus intéressantes dont j'aimerais vous parler.

Le duc pensa un peu cyniquement qu'il connaissait déjà toutes ces « choses intéressantes », et qu'il n'avait aucune envie de se replonger dans une de ces conversations futiles et insipides.

Il répondit machinalement, tout en regardant Ilitta de l'autre côté de la table. Que pensait-elle de la comtesse ? Comme il aurait aimé se retrouver seul avec elle !

Après le déjeuner, ils quittèrent la salle à manger pour se rendre aux écuries. Ilitta les accompagna mais Harriet trouva un prétexte pour rester à la maison. Le duc était certain que les chevaux l'ennuyaient.

Ilitta, remarqua-t-il, était aussi enthousiaste que lui à l'idée de voir les superbes pur-sang de lord Armitage.

Pourtant, tandis qu'ils allaient d'un box à l'autre pour admirer les poulinières et leurs poulains, ce qui prit un certain temps, le duc sentit un malaise entre Ilitta et lui. Elle ne le regarda pas une seule fois et, bien qu'elle lui répondît lorsqu'il s'adressait directement à elle, la complicité qui les avait liés lors du petit déjeuner avait disparu.

Quand ils retournèrent au château, le duc songea avec désespoir qu'il était en train de perdre Ilitta. Puis il se dit qu'il avait trop d'imagination. Après tout, le lendemain, ils seraient en tête à tête. Il pourrait alors lui expliquer pourquoi il avait pris un autre nom ; elle comprendrait que cela ne changeait rien à leurs relations. Il lui dirait aussi à quel point elle comptait pour lui.

6

Le duc avait prévu de s'isoler avec Ilitta après le thé.

Il était servi dans le salon, avec une multitude de gâteaux, de canapés et de *scones* qui venaient de sortir du four. La comtesse, très élégante, versait gracieusement le thé d'une théière en argent. Tandis qu'ils bavardaient, le duc essayait de croiser le regard d'Ilitta pour lui faire comprendre qu'il voulait la voir seul à seule. Mais elle restait distante et, s'il annonçait ouvertement qu'il désirait lui parler, cela risquait de susciter des commentaires.

La comtesse, de son côté, ne lui laissait pas une minute de répit. Comme ils connaissaient tous deux Paris et avaient de nombreux amis communs à Londres, il ne lui était pas difficile de monopoliser la conversation.

Le duc parvint néanmoins à glisser à lord Armitage :

— Avant de partir, il faut que j'envoie un mot au marquis de Buxworth pour le prier de m'excuser de n'être pas allé le voir. Toutefois, je pense qu'il aura deviné que c'est le brouillard qui m'en a empêché.

— Buxworth sera certainement déçu de ne pas vous voir, répondit lord Armitage ; et vous auriez beaucoup apprécié ses chevaux. Il a deux étalons remarquables que j'aimerais posséder moi-même et plusieurs poulinières exceptionnelles.

— Je suis désolé de manquer cette occasion, dit le duc, mais, malheureusement, Georgina et moi devons repartir dans le Sud dès demain.

Ilitta comprendrait ainsi, espérait-il, qu'il était prêt à l'emmener à Londres si elle le souhaitait ; mais la jeune fille ne réagit pas.

— Si vous le voulez, dit lord Armitage, je ferai en sorte qu'un valet emporte votre lettre à Buxworth. A travers champs, il n'est qu'à une dizaine de kilomètres d'ici, mais par la route, c'est trois fois plus long.

— C'est très aimable à vous, répondit le duc, qui n'en attendait pas moins de la part de son hôte. (Il se leva et ajouta :) J'aimerais écrire ce message maintenant, si vous le permettez.

— Bien sûr, acquiesça lord Armitage. Vous trouverez ce qu'il faut dans mon bureau, sur ma table de travail.

Le duc regarda Ilitta.

— Voulez-vous bien m'accompagner pour ajouter un mot ?

Elle se leva — à contrecœur, pensa-t-il — et ils suivirent lord Armitage.

Ils traversèrent le vestibule et pénétrèrent dans un vaste bureau dont la plupart des murs étaient tapissés de livres, mais où deux très beaux tableaux de George Stubbs étaient accrochés.

Le duc les admira et lord Armitage se lança dans un long récit, lui expliquant qu'il en avait acquis un pour une somme dérisoire, son propriétaire n'ayant aucune idée de sa valeur. Le deuxième représentait le cheval de son arrière-grand-père, qui avait gagné le Derby.

Le duc, tout en paraissant intéressé, ne pensait pas aux tableaux mais à Ilitta, qui examinait les livres et semblait presque avoir oublié son existence.

Enfin, lord Armitage les quitta en disant :

— Je vais donner ordre au valet de porter votre message dès qu'il sera prêt. En partant immédiatement, il sera de retour avant la nuit.

— Merci mille fois, répondit le duc. J'espère que cela ne vous dérange pas trop.

— Pas du tout, mon cher duc. Et je suis ravi que le brouillard ne vous ait pas empêché d'être parmi nous ce soir.

Il referma la porte derrière lui et le duc regarda Ilitta. Elle lui tournait le dos.

— Je serais tenté d'utiliser un lieu commun et de dire « enfin seuls », fit-il. Il est vraiment très difficile de vous parler dans cette maison.

Elle ne répondit pas, posa le livre qu'elle tenait et s'avança vers lui. Son visage avait une expression indéchiffrable.

— Ne vous inquiétez pas, dit-il. Tout se passera très bien. Nous partirons de bonne heure demain matin et nous irons là où vous voudrez.

Elle s'apprêtait à répondre quand la porte du bureau s'ouvrit. La comtesse entra dans la pièce.

— Il vous faut bien du temps pour écrire un petit mot, dit-elle, à moins, bien sûr, qu'il ne s'agisse d'un billet doux !

Elle s'avança avec grâce vers le bureau en ajoutant :

— J'ai quelque chose de très important à vous montrer dans la galerie des tableaux ; il est dommage de perdre plus de temps.

— Je ne perds pas mon temps, répondit le duc. Votre père est resté avec moi, et je n'ai pas encore pu écrire le billet pour Buxworth.

Tout en parlant, il s'assit et prit une plume.

— Je vous rejoindrai plus tard au salon, comtesse, et vous pourrez alors me montrer ces tableaux. Mais pour l'instant, je dois écrire cette lettre. C'est la moindre des politesses à l'égard du marquis de Buxworth.

Le duc pensait lui avoir montré clairement qu'il ne désirait pas sa présence mais elle se contenta de rire d'un air provocant en déclarant :

— La politesse est une chose bien ennuyeuse. Laissez-moi plutôt vous montrer comment on écrit une lettre d'amour !

Le duc avait l'habitude d'entendre ce genre de propos, mais pas Ilitta. Comme il s'y attendait, la jeune fille s'était éloignée du bureau dès que la comtesse était entrée dans la pièce, et il pensait qu'elle se replongerait dans l'examen des livres. Au lieu de quoi, avec une promptitude qui le prit au dépourvu, elle alla vers la porte, la franchit et la referma derrière elle au moment même où il s'écriait :

— Attendez, Ilitta, j'ai besoin de votre aide !

Il écrivit le mot tout en écoutant sans l'entendre le bavardage de la comtesse, et quitta le bureau pour aller chercher Ilitta. Le majordome l'attendait dans le vestibule.

— Le valet est prêt à partir, Votre Grâce.

La comtesse l'avait suivi et le duc fut contraint de retourner au salon. Il fut consterné de constater qu'Ilitta n'y était pas. Il pensa qu'elle avait dû monter dans sa chambre, mais il était impossible d'aller la rejoindre sans se montrer discourtois envers la comtesse. Il fut donc contraint de rester en bas jusqu'à ce qu'il soit temps d'aller se changer pour le dîner.

Lorsqu'il monta enfin, il pensa qu'il avait été stupide d'emmener Ilitta chez lord Armitage. En fait, ils auraient dû aller directement chez sa mère. La duchesse aurait été si heureuse d'accueillir la jeune fille. Mais il n'avait pas prévu l'effet que produirait son vrai nom sur elle, ni que le plaisir qu'elle semblait éprouver en sa compagnie disparaîtrait aussi vite.

Son valet, qui les avait rejoints avec le fourgon, l'aidait à se changer. Préoccupé par Ilitta, il lui dit :

— Hanson vous a averti certainement que, pour lord Armitage et toute la maisonnée, la jeune femme qui m'accompagne est ma sœur. Personne ne doit soupçonner autre chose.

— Bien sûr, Votre Grâce, répondit le valet ; nous nous sommes tous conformés à vos ordres et n'avons rien dit, hormis le fait que c'est une très jolie jeune fille.

Le duc poussa un soupir de soulagement.

Il s'en voulait d'avoir commis l'erreur d'amener Ilitta. Il était peu probable que lord Armitage rencontrât un jour sa véritable sœur, mais son mensonge pouvait avoir une quantité de répercussions auxquelles il n'avait pas songé.

Plus vite nous partirons, mieux cela vaudra, se dit-il.

Puis il chercha comment il pourrait rassurer Ilitta et lui dire que, lorsqu'ils seraient seuls à nouveau, tout irait bien.

Quelqu'un frappa à la porte ; le valet alla répondre et échangea quelques mots avec un domestique de la maison.

— On m'a dit de vous annoncer, Votre Grâce, que lady Georgina a la migraine. Elle vous demande de présenter ses excuses : elle ne descendra pas pour dîner.

— La migraine ? s'exclama le duc.

Il était déterminé à parler à Ilitta et à comprendre ce qui n'allait pas. Après tout, pensa-t-il, il n'y a aucune raison pour que je n'aille pas dans la chambre de ma sœur.

Il acheva de s'habiller en pensant avec agacement que la comtesse allait sans aucun doute faire son possible pour l'accaparer. Il avait aussi la désagréable impression qu'elle ne le libérerait pas après le départ des invités, et qu'elle tenterait de l'entraîner dans une voie où il ne voulait pas la suivre.

— J'ai bien envie de partir après le dîner, marmonna-t-il.

Puis il dut se rendre à l'évidence : il était impossible de partir avec les chevaux par une nuit sans lune, dans une région totalement inconnue.

C'est avec un sentiment de frustration inhabituel qu'il longea le couloir menant à l'escalier principal.

Il avait envoyé son valet chercher la femme de chambre qui s'occupait d'Ilitta. Une femme agée en tablier blanc et bonnet amidonné s'avança vers lui.

— Votre Grâce veut sans doute parler à Mademoiselle ?

— En effet, répondit le duc avec fermeté.

— Mademoiselle prend son bain en ce moment, Votre Grâce, et elle dit que vous pourriez peut-être venir lui souhaiter bonsoir plus tard.

Ce n'était pas une femme très observatrice, mais elle parut néanmoins surprise en voyant la façon dont le regard du duc s'illumina, et le sourire qu'il lui adressa avant de répondre :

— Dites à Mademoiselle que je repasserai plus tard.

Il redescendit en pensant que tout s'arrangerait dès qu'il pourrait parler en privé à Ilitta.

Pour la première fois, il songea soudain que si elle ne descendait pas dîner, c'était certainement parce qu'elle vivait dans cette région et qu'elle avait peur d'être reconnue par l'un des invités de lord Armitage. Il aurait dû y penser lui-même, et il lui vint à l'esprit que, depuis qu'il était amoureux, il se comportait de façon vraiment stupide. Il en perdait sa légendaire efficacité et accumulait les erreurs !

Le dîner se déroula exactement comme il l'avait prévu. La plupart des invités étaient des passionnés de courses, qui possédaient souvent de très beaux chevaux, mais étaient flanqués d'épouses parfaitement ennuyeuses.

Au milieu de ces femmes effacées, la comtesse brillait comme un diamant. Le duc pensa que, si elle en possédait l'éclat, elle en avait aussi la dureté. Elle avait indéniablement de l'esprit et les hommes la regardaient avec convoitise, tandis que leurs épouses lui lançaient des regards hostiles.

Elle ne cachait pas, cependant, ce qui l'intéressait. Assise auprès du duc, elle déploya tous ses efforts pour l'empêcher de parler à quelqu'un d'autre et pour détourner la conversation dès que l'on abordait le sujet des chevaux.

Elle y parvint en partie et le duc, qui commençait à se lasser de son comportement, eut sa revanche lorsqu'il garda les messieurs autour de la table pour parler longuement de courses, après que les dames se furent retirées.

Il fut heureux de voir que les invités, dont certains demeuraient assez loin, voulaient partir de bonne heure. La soirée se termina avant minuit mais le duc trouvait que les heures passaient lentement en attendant le moment où il pourrait rejoindre Ilitta.

Il ne se souvint pas avoir éprouvé autant d'impatience pour rejoindre une femme... Une femme qui, de toute évidence, n'éprouvait pas les mêmes sentiments que lui.

Avant de pouvoir monter à l'étage, il lui fallait encore se libérer de la comtesse.

Tandis que lord Armitage accompagnait ses derniers invités dans le vestibule, le duc et Harriet se retrouvèrent seuls dans le salon. Elle se rapprocha de lui et dit d'une voix chaude et sensuelle :

— Je n'ai pas pu vous parler ce soir comme je l'aurais souhaité, avec tous ces gens. Ma chambre se trouve juste en face de la vôtre.

Devant le désir qui se lisait dans ses yeux en amande et la manière dont ses lèvres s'avançaient vers lui, le duc ne pouvait pas se méprendre sur ses intentions.

Il s'attendait à une telle proposition. Autrefois, cela l'aurait amusé, et il aurait même trouvé mufle de refuser l'invite. Mais à présent, tout ce qu'il voyait, c'étaient les yeux enfantins et innocents d'Ilitta et la fossette au coin de sa bouche innocente, que jamais n'avaient approchée les lèvres d'un homme.

Le parfum trop capiteux de la comtesse lui faisait regretter celui, printanier, qu'il avait respiré dans les cheveux d'Ilitta en les embrassant, tandis qu'elle dormait.

Le seul souvenir de la douceur de son corps contre le sien éveillait en lui des émotions d'une violence qui le surprenait.

Jamais, lors de ses nombreuses aventures amoureuses, il n'avait ressenti ce qu'il éprouvait pour Ilitta. Or, elle ne l'aimait pas. Elle ne voyait en lui qu'un protecteur, un ami, peut-être...

Il réussit à éluder la proposition de la comtesse, grâce au retour de lord Armitage.

— J'espère que vous avez apprécié la soirée, duc, dit-il. Que diriez-vous d'un dernier verre ?

Le duc refusa poliment et, tandis que lord Armitage se servait un cognac, il expliqua :

— Il se trouve que j'ai dormi la nuit dernière sur un matelas dur et inconfortable, et je suis très fatigué. Je vous remercie infiniment pour cette soirée très agréable, mais je crois qu'un dernier verre m'achèverait.

Il sourit comme s'il avait dit quelque chose d'amusant, puis porta la main de la comtesse à ses lèvres.

— Bonne nuit, comtesse, dit-il. Nous nous rencontrerons peut-être à nouveau à Londres lorsque je serai moins las.

Il tourna les talons, mais il avait eu le temps d'apercevoir l'expression de colère et de frustration dans le regard de la comtesse.

Il traversa rapidement le vestibule et monta à l'étage. Il allait souhaiter bonsoir à Ilitta, mais il préférait que la comtesse n'en sût rien.

Certes, cette dernière pensait qu'Ilitta était sa petite sœur et la jugeait certainement insignifiante. Mais le duc savait par expérience que les femmes étaient douées d'une très grande intuition dans ce domaine. Or, la comtese était sûrement très vexée qu'il eût repoussé ses avances, il ne voulait pas qu'elle songe à se venger sur Ilitta.

Il frappa doucement à la porte d'Ilitta et tourna la poignée. Comme il s'y attendait, elle était au lit ; il y avait une bougie allumée à côté d'elle. Il traversa la pièce et vit qu'elle s'était endormie. Comme la veille, elle était étendue sur le côté, mais à présent, sa joue reposait sur l'oreiller de lin blanc et ses cheveux dorés l'auréolaient comme un soleil d'été.

Dans ce grand lit à baldaquin, elle avait l'air fragile, immatérielle, telle une princesse de conte de fées. Il se pencha vers elle, se demandant quelle serait sa réaction s'il la réveillait avec un baiser. Elle dormait profondément. Elle avait vécu des moments très éprouvants, qui l'avaient certainement épuisée.

D'abord, il y avait eu cet homme, à l'auberge, qui l'avait effrayée et poussée à venir rechercher sa protection, puis l'attitude du capitaine Daltry, qui avait de quoi terrifier la plus courageuse des femmes.

Leur évasion avait été très risquée mais elle avait joué son rôle avec un calme et une intelligence qui l'avaient étonné.

En l'observant à présent, il lui paraissait extraordinaire que quelqu'un d'aussi jeune et inexpérimenté ait pu réagir avec un tel sang-froid.

A aucun moment elle ne s'était plainte, n'avait crié ou ne s'était évanouie, comme l'auraient fait, il en était convaincu, toutes les autres femmes qu'il connaissait.

Elle est unique, se dit-il, et il eut envie de la réveiller pour lui exprimer son admiration.

Mais, pour la première fois de sa vie, le duc fit taire ses propres désirs et pensa sans égoïsme à la femme qu'il aimait.

Qu'elle dorme, se dit-il. Demain, il sera temps de lui parler. Dieu merci, nous serons seuls.

Il se pencha et, avec une infinie douceur, afin de ne pas l'éveiller, il embrassa ses cheveux comme il l'avait fait la veille.

Une fois de plus, il sentit ce parfum fleuri auquel il n'arrivait pas à donner de nom. Puis il resta debout à la regarder, remerciant Dieu de l'avoir trouvée, sachant que c'était elle qu'il cherchait depuis si longtemps et qu'ils étaient faits l'un pour l'autre.

— Tu es mienne, murmura-t-il, et je t'aimerai et t'adorerai jusqu'à ce que la mort nous sépare.

Il souffla la bougie, quitta la chambre à tâtons et referma la porte tout doucement derrière lui.

Le duc resta longtemps éveillé en pensant à Ilitta et à la chance qu'il avait eue de la rencontrer. Comment aurait-il pu imaginer que le brouillard transformerait ainsi sa vie, à tel point qu'il ne se reconnaissait plus ? Mais il devait maintenant apprendre à se voir avec les yeux d'Ilitta.

Lorsqu'il s'endormit, il fit un rêve étrange : il la poursuivait sur des toits et dans des mines de charbon, mais ne parvenait jamais à la rattraper. Il pensait avec désespoir que jamais il ne pourrait la rejoindre pour lui avouer son amour, lorsqu'il fut réveillé par son valet qui tirait les rideaux.

— Il est huit heures, Votre Grâce.

— Huit heures ? répéta le duc. Il faut que je me lève. Je veux partir avant neuf heures.

— Hanson m'a chargé de dire à Votre Grâce qu'il est allé rechercher le phaéton et que cela n'a posé aucun problème.

Le duc sourit. La veille au soir, il avait donné l'ordre à Hanson de se rendre dès l'aube chez M. Newall pour récupérer le phaéton.

Il était certain que d'ici là, le capitaine Daltry et ses acolytes auraient accepté leur défaite et seraient rentrés à Londres, en espérant que le duc ne les poursuivrait pas en justice. Il serait donc facile à Hanson de récupérer le phaéton.

Il pensa avec satisfaction que ses premiers chevaux de rechange ne se trouvaient qu'à une trentaine de kilomètres de la demeure de lord Armitage. La route qu'avait faite son équipage avant l'aube n'aurait donc pas trop fatigué ses chevaux, qui avaient eu toute la nuit pour se reposer.

Tout se déroulait selon ses plans, se félicitait le duc. Il prit un bain, puis choisit un costume d'une grande élégance. Ses bottes brillaient comme des miroirs.

— Où devrons-nous retrouver Votre Grâce ce soir ? demanda le valet en l'aidant à enfiler sa veste.

— Je vous le ferai savoir lorsque j'en aurai parlé avec lady Georgina, répondit le duc.

Il y eut un silence, et le valet répondit :

— Votre Grâce ne sait donc pas que lady Georgina est partie ?

— Partie ? s'exclama le duc.

Le mot claqua comme une détonation.

— Sa femme de chambre m'a dit, lorsque j'étais en bas, que lady Georgina l'avait sonnée à six heures ce matin, avait emprunté un habit et s'était rendue aux écuries.

Le duc ne dit rien et, après un moment d'hésitation, le valet poursuivit d'un ton légèrement anxieux :

— La femme de chambre a trouvé cela étrange, Votre Grâce, mais je lui ai dit que c'était sans doute entendu entre vous hier soir.

Le duc serra les lèvres. La nouvelle l'avait accablé et il avait peine à y croire. Il chercha désespérément une solution.

— Allez demander à la femme de chambre, ordonna-t-il, si lady Georgina n'a pas laissé un message ou une lettre à mon intention.

Il avait parlé d'un ton si sec que le valet, après un coup d'œil effrayé, quitta la pièce en toute hâte.

Le duc regarda dans la glace. Il n'y vit pas son propre reflet mais le visage d'Ilitta. Comment avait-elle pu faire cela ? Comment avait-elle pu le quitter ainsi, sans un mot ? Il l'aimait si totalement, si intensément, qu'il lui fallait la retrouver. Même s'il devait aller au bout du monde, même si elle se cachait, où qu'elle fût, il saurait la découvrir.

Le duc était assez raisonnable pour comprendre que ce serait difficile, et il était important que lord Armitage ne se doutât de rien.

Après une attente qui lui parut interminable, son valet revint.

— La femme de chambre vous présente toutes ses excuses, Votre Grâce, dit-il, mais c'est seulement lorsque je lui ai demandé si lady Georgina avait laissé un message qu'elle a découvert un billet sur la table de toilette.

Le duc l'arracha presque des mains du valet et s'approcha de la fenêtre en ouvrant l'enveloppe aux armes de lord Armitage.

L'écriture d'Ilitta était telle qu'il l'avait imaginée : les lettres étaient joliment formées et les mots possédaient la grâce et la beauté de celle qui les avait écrits.

Il était si ému que le texte dansait devant ses yeux. Il lut :

J'ai suivi votre conseil et je retourne à la maison. Vous aviez raison — je ne pourrais vivre seule à Londres, sans quelqu'un pour me protéger.

Je ne savais pas que le monde pouvait réserver de telles surprises.

Il me reste à vous remercier de votre bonté et de toutes les choses aimables que vous avez dites au sujet de mes dessins.

Je continuerai à peindre, pour moi, puisque personne ne pourra apprécier mon travail. Un jour, peut-être, je ferai un tableau qui vous plaira, et je vous demanderai de l'accepter, de la part de quelqu'un qui remerciera éternellement le ciel de lui avoir permis de vous rencontrer.

Ilitta

De chaque côté de sa signature, il y avait un petit dessin. Il était facile de reconnaître lord Armitage sous la forme d'un cheval vieillissant qui avait manifestement été très fougueux dans sa jeunesse.

De l'autre côté, il y avait le corps ondulant d'un cobra dont la tête ressemblait si parfaitement à celle de la comtesse que le duc ne put s'empêcher de rire.

Il relut plusieurs fois la lettre. Alors qu'il se désespérait d'avoir perdu Ilitta, son message lui donna soudain une lueur d'espoir. Il connaissait trop bien les femmes pour ne pas comprendre que, lorsqu'elle avait représenté la comtesse sous forme de cobra, elle avait été inspirée par la jalousie !

Seule une intuition féminine exacerbée pouvait lui avoir fait saisir toute la beauté et la sophistication de la comtesse, et en même temps la faire apparaître aussi cupide et redoutable.

Ce dessin lui apprenait ce qu'il n'osait plus espérer : en rédigeant son message, Ilitta avait vu le duc non plus comme un cerf protecteur, mais comme un homme.

Il remit la lettre dans l'enveloppe et la glissa dans sa poche. Puis il réfléchit et tenta d'analyser les événements des derniers jours afin d'en tirer des conclusions qui lui permettraient de retrouver Ilitta.

Il resta si longtemps immobile à la fenêtre que son valet s'inquiéta de ce qui préoccupait ainsi son maître. Puis, comme s'il avait soudain pris une décision, le duc dit brusquement :

— Je descends prendre mon petit déjeuner. Emballez mes affaires et dites à Hanson d'avancer le phaéton devant la porte dans une demi-heure.

— Très bien, Votre Grâce. Et le fourgon ?

— Le fourgon doit être prêt à partir et nous suivra.

— Bien, Votre Grâce.

Le duc descendit. Comme il s'y attendait, lord Armitage se trouvait là mais la comtesse était encore dans ses appartements.

— Bonjour, dit lord Armitage d'un ton cordial. On me dit que votre jolie sœur nous a déjà quittés et qu'elle a emprunté un de mes chevaux.

— Je vous présente mes excuses, et j'espère que cela ne vous contrarie pas, répondit le duc.

— Je crois qu'elle est dans le voisinage, et elle a promis de renvoyer le cheval aujourd'hui même.

C'était exactement ce que le duc avait espéré, mais il feignit l'indifférence.

Il alla vers un buffet sur lequel étaient posés de nombreux plats d'argent. Comme de coutume dans les demeures de campagne, les invités se servaient eux-mêmes le matin et il n'y avait pas de domestiques.

En retournant vers la table, il demanda d'un ton désinvolte :

— Y a-t-il quelqu'un près d'ici du nom de Calvert qui aurait des chevaux à vendre ?

— Calvert... Calvert... Il me semble avoir déjà entendu ce nom.

Puis il secoua la tête.

— Non, je ne vois pas de Calvert dans le monde du cheval et je me flatte de connaître, dans le comté, tous ceux qui possèdent un pur-sang de quelque valeur.

— Je me trompe peut-être, dit le duc. Il pourrait s'agir d'un obscur gentilhomme ou de quelque fermier.

— Pas sur mes terres — du moins je ne crois pas, dit lord Armitage, mais j'ai 2 500 hectares et il m'est impossible de me souvenir de tout le monde.

— Vos domaines sont donc si vastes ! remarqua le duc.

— Un domaine n'est jamais trop grand, répondit son hôte. Entre nous, il m'est désagréable de savoir que Buxworth me bat avec 3 000 hectares, mais à nous deux, nous venons en tête. (Il rit avant d'ajouter :) Les autres n'ont que des miettes et en sont fort contrariés !

— Si vous êtes tout à fait certain qu'il n'y a personne du nom de Calvert sur vos domaines, qu'en est-il de ceux de Buxworth ?

— Bien entendu, je ne peux pas vous répondre à sa place, dit lord Armitage.

Puis il poussa une exclamation.

— Je savais bien que ce nom me disait quelque chose ! Maintenant que j'y pense, l'épouse de Buxworth était née Calvert. Elle est morte il y a un peu plus d'un an et je crois que ce malheur lui a brisé le cœur.

— Vous êtes certain qu'elle s'appelait Calvert ? demanda le duc.

— Absolument, répondit lord Armitage. C'était une très jolie femme, tout à fait charmante. Je ne suis pas surpris que Buxworth ne se console pas de l'avoir perdue. Et cela l'a rendu plus obstiné encore qu'auparavant.

— Il me semble bien autoritaire, remarqua le duc.

— Oh, c'est un homme bien, à sa façon, mais il doit être assez difficile à vivre. Il n'écoute jamais les idées des autres et ne jure que par les siennes.

— A-t-il des enfants ?

— Un fils, qui est à l'armée. Gentil garçon et excellent cavalier. Il est aux colonies depuis trois ans.

Il y eut une pause, et le duc demanda négligemment :

— Pas d'autres enfants ?

— Voyons... réfléchit lord Armitage. Je crois qu'il a aussi une fille. Oui, je m'en souviens maintenant. Je l'ai aperçue de loin à l'enterrement de sa mère.

Le duc resta silencieux, mais il n'avait plus faim et il but son café rapidement.

— Vous voudrez bien me pardonner, dit-il, mais il faut que je me mette en route.

— Bien sûr, acquiesça lord Armitage. J'ai eu grand plaisir à vous avoir parmi nous.

— J'espère bientôt recevoir votre visite dans le Gloucestershire, répondit le duc, et, si vos chevaux m'ont rempli d'admiration, j'espère que vous apprécierez les miens.

— Je n'en doute pas, répondit lord Armitage avec un sourire. Néanmoins, j'essaierai de vous battre au steeple-chase cet automne et nous nous mesurerons, je l'espère, sur le plat.

— Je m'en réjouis, répondit le duc.

Pressé de partir, il donna un généreux pourboire à tous les domestiques puis courut presque jusqu'au phaéton qui l'attendait.

Hanson s'assit à côté de lui. Lord Armitage agita la main en signe d'adieu et ils s'engagèrent dans l'allée, suivis du fourgon à bagages, où avaient pris place le valet et deux palefreniers.

Ils avaient passé les grilles de la propriété lorsque Hanson demanda :

— Où allons-nous, Votre Grâce ?

Le duc avait un sourire aux lèvres, bien que l'expression de ses yeux fût un peu inquiète.

— Chez le marquis de Buxworth, répondit-il.

7

Le duc trouva son chemin jusque chez le marquis de Buxworth, et se rendit compte que cela prenait bien plus de temps que s'il avait pu y aller à cheval à travers champs, ainsi que l'avait fait remarquer lord Armitage.

En remontant l'allée d'ormes, il regarda devant lui le grand manoir, qu'il trouva quelque peu prétentieux. Il apprécia cependant les nombreux chevaux qu'il vit dans les prés au bout du parc. Même de loin, ils paraissaient racés et nobles. Leur propriétaire pouvait en être fier.

Cependant, il ne pensait pas au marquis : Ilitta était sa seule préoccupation. Tout en longeant l'allée qui serpentait vers le manoir, il rassemblait les pièces du puzzle, les petits fragments d'informations qu'elle lui avait donnés sans s'en rendre compte, pour en arriver à une conclusion qui lui semblait logique. Je ne peux pas m'être trompé, se dit-il.

Depuis qu'il l'avait perdue, son amour lui infligeait mille tourments. Dans aucune de ses aventures amoureuses il n'avait éprouvé ce qu'il ressentait à présent pour Ilitta. Son corps tout entier l'appelait, il était attiré vers elle comme par un aimant. Pourtant, par le passé, il avait toujours considéré l'amour comme un loisir à l'écart de ses autres activités. Tout en appréciant la compagnie des femmes, il était toujours parfaitement heureux de voyager seul, d'aller aux courses ou dans des clubs réservés aux hommes, et les femmes ne lui avaient jamais manqué en ces occasions.

A présent, il savait qu'il voulait Ilitta non seulement dans des moments d'intimité, mais aussi pour vivre constamment auprès d'elle, pour lui parler et l'écouter, la guider et recevoir ses conseils. Aussi extraordinaire que cela pût paraître, il lui semblait qu'ils se complétaient.

Pour la première fois de sa vie, il comprenait exactement ce que son père et sa mère avaient trouvé dans les liens privilégiés qui les unissaient. Il avait cru que cela n'arrivait qu'une fois en un million d'années, mais il savait maintenant que lui aussi avait eu la chance de trouver une femme à qui il pouvait donner son cœur, et qu'il pourrait vénérer pour toujours.

Il arrêta le phaéton et tendit les guides à Hanson. Une lueur d'inquiétude brillait dans ses yeux gris tandis qu'il montait les marches du perron.

La porte s'ouvrit avant même qu'il ne l'atteigne et un valet de pied en livrée le regarda d'un air surpris.

Le duc croisa les doigts et retint son souffle avant de dire :

— Je désire parler à lady Ilitta.

En prononçant son nom, il se sentait tel un joueur qui mise tout sur une seule carte : s'il s'était trompé, si Ilitta n'était pas là, il n'aurait aucune idée de l'endroit où il pourrait la trouver.

Le valet de pied marqua une légère hésitation, surpris par sa demande.

— Elle est dans le salon de musique, Sir. Je vais aller la chercher.

— Non, s'empressa de dire le duc. Conduisez-moi auprès d'elle.

Il avait le cœur en fête : ainsi, son instinct ne l'avait pas trompé, il l'avait retrouvée !

Le valet de pied le précéda le long d'un corridor dont le duc apprécia les meubles élégants, ainsi qu'un ou deux tableaux qu'il aurait aimé avoir dans sa propre maison. Le domestique s'arrêta enfin devant une imposante porte d'acajou et se tourna vers le duc.

— Qui dois-je annoncer ?

— Je m'annoncerai moi-même, dit le duc.

Le valet fronça les sourcils, mais il était trop jeune et trop inexpérimenté pour discuter, et il s'écarta. Le duc ouvrit la porte et entra dans la pièce.

Soudain, il songea qu'Ilitta ne lui avait pas dit qu'elle aimait la musique. Encore un de ses nombreux talents ?

Mais un simple coup d'œil lui apprit qu'elle n'était pas là pour le piano, qui se trouvait sur une petite estrade.

Près d'une fenêtre orientée vers le nord, elle était assise devant une grande toile posée sur un chevalet.

Le duc referma la porte. Ilitta lui tournait le dos et était si absorbée par ce qu'elle faisait qu'elle ne l'avait pas entendu entrer. Le sol était recouvert d'un épais tapis, et il s'avança doucement. Il vit alors ce qu'elle peignait. Un portrait de lui...

Ce n'était pas une caricature, elle ne le représentait pas avec la tête d'un cerf ou d'un autre animal. Le portrait était frappant de ressemblance. Le duc eut l'impression de voir son propre reflet dans une glace. Mais ce n'était pas la toile qui l'attirait : il ne pouvait détacher son regard d'Ilitta. Il resta à la regarder en silence, admirant ses beaux cheveux dorés relevés en chignon, la courbe gracieuse de sa nuque.

Puis, tandis qu'elle hésitait sur le choix d'une couleur, l'intensité du regard posé sur elle, ou peut-être la force de l'amour du duc, lui fit tourner la tête. Pendant un instant, elle le regarda d'un air incrédule. Puis elle bondit de son siège en s'exclamant :

— Que faites-vous... ici ? Qu'est-il arrivé ? Comment... m'avez-vous trouvée ?

Les questions se bousculaient sur ses lèvres et elle regardait le duc comme s'il était une apparition venue d'un autre monde. Il s'approcha un peu plus d'elle avant de répondre :

— Je suis venu vous demander de m'aider, Ilitta.

— Vous aider ? Qu'est-il arrivé ?

— Quelque chose de très grave.

Elle posa sa palette sur une chaise :

— Vous... Vous ne voulez pas dire que... vous êtes en danger ?

Le duc remarqua que sa voix tremblait légèrement.

— Je suis dans une situation, répondit-il doucement, où vous seule pouvez m'aider.

— Je n'ose pas imaginer ce qui a pu... arriver, dit Ilitta d'une voix effrayée. C'est le capitaine Daltry, n'est-ce pas ? Vous pensez qu'il pourrait mettre ses menaces à exécution ?

A présent, elle paraissait effrayée. Elle tremblait.

— Ce n'est pas le capitaine Daltry qui me fait peur.

— Qui, alors ? Et comment m'avez-vous... retrouvée ?

— Je répondrai à toutes vos questions dans un moment, dit le duc, mais d'abord je veux que vous me promettiez de m'aider, Ilitta. Donnez-moi votre parole d'honneur.

Elle regarda vers la porte, semblant craindre que son père ou quelqu'un n'entrât, et répondit d'un ton hésitant :

— Ce sera peut-être... difficile. Et vous ne devriez pas être ici.

— Et pourtant, je suis là, répondit le duc. Alors promettez-moi, je vous en prie, Ilitta, promettez-moi de m'aider car, sans vous, je ne peux pas trouver le salut.

— Je ne... comprends pas. Mais vous savez que je ferai tout ce que vous voudrez, dit-elle.

Il y avait dans sa voix une intensité qui fit bondir le cœur du duc.

— Vous le jurez ? demanda-t-il d'une voix profonde.

Il tendit la main et, sans hésitation, Ilitta y plaça les siennes. En refermant les doigts, il sentit qu'elle tremblait. Mais cette fois, il était sûr que ce n'était pas de peur...

— Vous jurez de ne pas m'abandonner à mon sort ?

— Je... le jure.

En prononçant ces paroles, elle le regarda droit dans les yeux et il devina qu'elle ne refuserait pas ce qu'il était venu demander.

— Merci, dit-il à voix basse.

Puis il lui lâcha les mains et dit d'un ton tout différent :

— Maintenant, expliquez-moi pourquoi vous vous êtes enfuie ainsi ? Comment avez-vous osé faire une chose aussi cruelle après tout ce que nous avons affronté ensemble ?

Elle rougit et détourna la tête.

— J'ai... Il fallait que je parte !

— Pourquoi ?

— Vous... Vous m'aviez conseillé de rentrer à la maison.

— Mais vous ne m'aviez pas dit où se trouvait cette maison.

Elle détournait toujours la tête et son délicat profil se découpait à contre-jour. Le duc pensa que jamais il n'avait vu femme plus ravissante. L'amour qu'il éprouvait pour elle était si fort qu'il faillit oublier ses résolutions et la prendre dans ses bras. Mais il se contrôla et demanda d'une voix très douce :

— Aviez-vous envie de me quitter, Ilitta ?

— Non... mais il le fallait. A moins de partir pour Londres, or j'avais peur de le faire... toute seule.

— Je vous avais dit que je vous y emmènerais.

— Je n'aurais pas pu... vous laisser faire cela.

— Pourquoi ? Qu'est-ce qui vous a fait changer d'avis ? Vous étiez prête à me laisser vous y emmener avant que nous n'allions chez lord Armitage.

Elle ne répondit pas. Il savait qu'elle hésitait à lui dire la vérité et, après un moment, il dit :

— Je pense que vous avez changé d'avis lorsque vous avez appris mon vrai nom.

— Vous auriez dû me dire qui vous étiez... dès que nous nous sommes rencontrés.

— Pourquoi ? Vous avez vous-même utilisé un nom qui n'était pas le vôtre, mais celui de votre mère.

Elle le regarda d'un air surpris et lui demanda :

— Comment le savez-vous ?

— Mais, Ilitta, dès l'instant où j'ai appris votre départ, j'ai cherché tous les indices qui pourraient m'apprendre où vous vous étiez enfuie. Il se trouve que lord Armitage se souvenait que votre mère était née Calvert.

Pendant un instant, un sourire flotta sur les lèvres d'Ilitta.

— J'aurais dû choisir un nom plus courant, comme Brown ou Smith !

— Souhaitiez-vous vraiment ne plus jamais me revoir ?

— J'ai pensé que... je commençais à devenir un fardeau pour vous.

— Cela aurait pu être vrai la nuit où nous nous sommes rencontrés à l'auberge, dit-il, mais je pense qu'après les épreuves que nous avons vécues ensemble, après le renard, le furet et le babouin, après la nuit que vous avez passée dans mes bras, notre relation a quelque peu changé.

De nouveau, les joues d'Ilitta s'empourprèrent, et il pensa qu'il n'avait jamais rien vu d'aussi adorable. Il savait aussi qu'elle avait rougi parce qu'elle venait de comprendre qu'il était un homme, un homme auprès duquel elle avait dormi, confiante et innocente. Un homme pour lequel elle éprouvait désormais des sentiments très différents.

A brûle-pourpoint, il demanda :

— Quel parfum utilisez-vous ?

— Mon parfum... ? répéta-t-elle, étonnée.

— Il m'intrigue, car je n'arrive pas à mettre un nom dessus.

— Il s'appelle Lilas Blanc. Maman m'a appris à le distiller et nous avions coutume de le faire ensemble, mais c'est la première fois que j'en fais toute seule.

— Il vous va bien.

Comment avait-il pu manquer à ce point d'imagination ? Elle était la personnification de la pureté, or aucune fleur ne pouvait mieux lui convenir que le lilas blanc, avec sa douceur et son odeur printanière.

— Votre parfum m'a hanté tout autant que vous-même, et j'aimerais savoir ce que vous avez l'intention de faire à ce propos.

Il vit qu'elle tremblait un peu en écoutant ses paroles, puis elle dit rapidement :

— Vous m'avez demandé de vous aider... et je le ferai si vous êtes en danger. Mais, s'il vous plaît, je ne voudrais pas que papa sache que vous êtes ici.

— Votre père m'attendait, comme vous le savez, dit le duc, et cela m'étonnerait qu'il refuse de me recevoir, même si j'arrive avec quelques jours de retard.

— Ce... n'est pas pour cela.

Les mots semblaient s'étrangler dans la gorge d'Ilitta et, comme si elle avait peur du duc, elle alla se réfugier dans l'encadrement d'une fenêtre donnant sur le jardin inondé de soleil.

— En quoi ma présence ici vous inquiète-t-elle ?

Il se rapprocha d'elle et eut l'impression qu'elle voulait s'enfuir mais que ses jambes se dérobaient. Après un long silence, elle déclara enfin :

— Je ne veux pas... vous le dire.

— Pourquoi ?

— Parce que...

Elle se tut et il comprit qu'elle n'oserait jamais lui avouer ce qu'il aurait tant voulu lui entendre dire.

Elle se tourna vers lui et dit d'un ton implorant :

— Je vous en prie, partez. Et oubliez-moi... Vous avez été si gentil, mais je n'appartiens pas... à votre monde. Vous avez des femmes comme la comtesse pour vous distraire. Moi, je suis seulement... apparue dans votre vie à cause du brouillard.

— Croyez-vous vraiment que je puisse oublier ce qui est arrivé ce soir-là à l'auberge ? demanda le duc de sa voix profonde. Et la nuit que nous avons passée ensemble dans le grenier, puis notre évasion de cette prison où nous risquions de mourir de faim...

— Il y a tant d'autres choses plus intéressantes dans votre vie !

— Mais à présent, j'ai trouvé une chose essentielle, et qui m'a toujours échappé.

— Quoi donc ?

Le duc marqua un silence puis répondit, d'une voix très douce :

— L'amour.

Pendant un moment, Ilitta resta silencieuse. Puis, comme si elle avait peur de ce qu'elle venait d'entendre, elle dit très vite :

— Je ne comprends pas...

— Je crois que si, répondit le duc. Regardez-moi, Ilitta !

C'était un ordre et, incapable de lui résister, elle tourna lentement son visage vers lui.

Bien qu'elle le regardât d'un air un peu craintif, il lut dans ses yeux ce qu'il y cherchait.

Ils restèrent immobiles un instant, puis le duc dit :

— Je croyais qu'avec l'intuition et l'instinct qui vous permettent de sentir la nature profonde des choses et des êtres, vous auriez compris que je vous aimais.

— Ce... Ce n'est pas possible ?

Sa voix était presque inaudible.

Puis, comme si elle lisait la réponse dans le regard du duc, son visage s'illumina. Elle était radieuse, d'une beauté irréelle, comme auréolée d'un halo de lumière.

Lentement, comme mus par une force irrésistible, ils se rapprochèrent encore, attirés par un magnétisme qui venait du fond de leur cœur et de leur âme.

— Je vous aime ! dit le duc.

Sa propre voix lui parut étrange. Il pencha la tête et effleura de ses lèvres celles d'Ilitta, comme si elle était une fleur délicate.

Puis, devant sa douceur et son innocence, ses bras se resserrèrent. Son baiser se fit plus insistant, plus exigeant et pourtant très doux, car elle était si précieuse qu'il avait peur de l'effrayer.

Pour Ilitta, c'était comme si le ciel s'était soudain entrouvert : elle se trouvait transportée au paradis, alors qu'elle avait cru tout perdre en s'enfuyant de chez lord Armitage.

Elle s'était réveillée durant la nuit et avait cru que le duc avait oublié de venir lui dire bonsoir. Elle était certaine que c'était la comtesse qui l'avait retenu, cette femme superbe et sophistiquée, qui ne cachait pas son attirance pour le duc.

A cet instant, comme si elle le lisait en lettres de feu dans le noir, elle avait compris qu'elle aimait le duc.

Elle aimait son visage, ses yeux, la forme de ses lèvres, sa voix profonde, ses bras puissants, et son cœur, qu'elle avait senti battre toute une nuit contre le sien.

Comment n'avait-elle pas compris plus tôt qu'elle l'aimait ? Ce bonheur qu'elle avait éprouvé auprès de lui, malgré les terribles menaces du capitaine Daltry, c'était l'amour. Quand elle était revenue des combles et qu'elle avait aperçu, par la trappe, l'expression de joie sur le visage du duc, son cœur avait bondi dans sa poitrine. Elle avait eu envie de se jeter dans ses bras pour qu'il la serre contre lui et la rassure.

C'était déjà de l'amour, et pourtant, parce qu'elle était innocente et naïve, elle avait cru que c'était seulement de l'excitation à l'idée de lui raconter comment elle avait découvert le vieil homme, et comment ils pourraient échapper aux menaces du babouin et de l'odieux Daltry.

Puis, en se couchant dans le grand lit à baldaquin, elle s'était souvenue de la nuit qu'elle avait passée allongée à côté de lui et du bonheur qu'elle avait ressenti, bien au chaud, en sécurité dans ses bras.

Elle avait été si malheureuse depuis la mort de sa mère, auprès d'un père qui la contraignait à faire ce qu'il voulait, indifférent à ses sentiments et à son chagrin. Il s'était moqué de sa peinture, lui conseillant de s'occuper d'une façon plus intelligente, et elle n'avait eu personne à qui parler dans cette grande maison, hormis les domestiques. En raison de leur deuil, ils ne recevaient aucune visite, à part des hommes qui venaient parler de chevaux avec son père. Elle errait dans les pièces vides, et l'absence de sa mère lui était intolérable.

Comment aurait-elle pu savoir qu'il existait des hommes comme le duc ? Et comment aurait-elle pu être assez sotte pour tomber amoureuse de lui ?

Elle avait vu la comtesse lui parler de façon provocante. Elle paraissait si sûre d'elle et si séduisante qu'Ilitta avait compris la fascination qu'elle devait exercer sur le duc.

Alors que des femmes comme la comtesse s'offraient à lui, le duc ne pouvait voir en Ilitta qu'une écolière, une gamine encombrante et sans intérêt.

Elle était restée dans sa chambre au lieu de descendre dîner, craignant d'être reconnue par un des invités de lord Armitage. La vision de la comtesse regardant le duc, de ses mains aux ongles effilés qui se tendaient vers lui, de ses lèvres rouges qui l'invitaient au baiser l'avait torturée toute la soirée.

C'était pour cela que le duc n'était pas venu lui dire bonsoir. Il avait embrassé la comtesse et s'était peut-être rendu dans sa chambre au lieu de venir la voir.

Puis Ilitta comprit qu'elle ne pourrait pas endurer ce supplice plus longtemps. Elle ne pourrait pas non plus supporter de revoir le duc le lendemain matin, sachant qu'il ne tenait pas à la voir et préférait la compagnie de la comtesse.

Je dois partir ! s'était-elle dit.

C'est alors qu'elle avait compris que la seule chose qui lui restait à faire, c'était de rentrer chez elle.

Elle avait soigneusement élaboré son plan, pensant que le duc serait soulagé d'être enfin débarrassé d'elle, et qu'il ne devinerait jamais qu'elle était la fille du marquis de Buxworth.

Elle lui avait écrit une lettre qu'elle avait laissée sur la table de toilette, puis avait sonné la femme de chambre pour emprunter une des tenues d'amazone de la fille cadette de lord Armitage.

— Vous avez le choix, lady Georgina, avait répondu la femme de chambre. Lady Maureen est passionnée d'équitation. Elle possède des dizaines de tenues de cheval.

Ilitta n'écoutait pas et se hâta d'enfiler l'habit que lui avait apporté la femme de chambre. Elle lui promit de le renvoyer le jour même, puis se hâta d'aller aux écuries.

Le palefrenier de lord Armitage ne fut pas surpris qu'elle veuille emprunter un cheval mais s'étonna de la voir partir seule.

— Je ne vais pas loin, lui dit Ilitta.

Quand il vit le pourboire qu'elle lui avait glissé dans la main, il ne posa plus de questions.

En s'éloignant de la maison, elle avait eu l'impression de laisser derrière elle une partie d'elle-même ; c'était son cœur qu'elle trahissait, qu'elle abandonnait.

A présent, elle était dans les bras du duc. D'un coup de baguette magique, tous ces pénibles souvenirs s'étaient effacés. Était-il possible de ressentir un pareil bonheur sans qu'il disparût aussi vite qu'il était venu ? Elle rêvait, sûrement. Mais le duc était bien là, elle sentait ses lèvres sur les siennes. Et elle savait, au fond d'elle-même, que plus jamais ils ne se quitteraient.

Il releva la tête et dit d'une voix rauque et hésitante :

— Mon amour, comment avez-vous pu me fuir ? J'ai cru que je vous avais perdue !

— Je vous aime, dit-elle simplement.

— C'est ce que je voulais vous entendre dire, mais j'avais peur de vous effrayer si je vous déclarais mon amour.

— Je ne pourrais jamais avoir peur de vous.

— Et moi, je jure que jamais plus vous n'aurez peur, ma chérie.

Puis il l'embrassa à nouveau, et le monde entier bascula. Plus rien n'avait d'importance. Lorsque, enfin, ils revinrent à eux, Ilitta dit :

— Vous m'avez demandé de vous aider...

— Je voulais que vous m'aidiez à trouver une personne qui m'est si précieuse que je ne peux pas vivre sans elle.

— Vous avez dit que vous étiez... désespéré.

— Je l'ai été lorsque vous avez disparu. Je serais devenu fou si je ne vous avais pas trouvée ici comme je l'espérais.

— Je ne pensais pas que vous me retrouveriez.

— Mais j'ai réussi, et je suis bien décidé à vous garder ! (Il sourit puis ajouta d'un ton plus léger :) Jamais plus, ma chérie, vous ne voyagerez seule.

Ilitta poussa un petit soupir et enfouit son visage au creux de son épaule.

— Comment avez-vous pu prendre de tels risques ? demanda le duc.

— Il fallait que je parte.

— Mais pourquoi ? Je ne comprends pas.

Elle tremblait. Fort intrigué, le duc insista :

— Pourquoi vous êtes-vous sauvée ?

La voix d'Ilitta était à peine perceptible tandis qu'elle répondit :

— Papa m'a dit... que le duc de Marazion venait chez nous.

— Et cela vous a bouleversée ? Pourquoi ?

— Papa était sûr que ce n'était pas pour voir ses chevaux... Vous en avez de si beaux... Il pensait que vous aviez l'intention... de m'épouser.

Pendant un moment, le duc regarda Ilitta sans comprendre. Puis il éclata de rire.

— C'est bien la dernière chose qui me serait venue à l'esprit ! Et pourtant, ma chérie, ce qui est arrivé prouve que votre père a un don de prophétie car j'ai la ferme intention d'épouser sa fille.

Il marqua un temps d'arrêt puis ajouta :

— Si elle veut de moi, bien entendu.

Elle le regarda dans les yeux, respira profondément.

— Je vous aime, dit-elle enfin. Mais jamais je n'aurais songé être l'épouse... du duc de Marazion.

— Quand avez-vous compris que vous m'aimiez ?

— Hier... Et puis, il y a eu la comtesse.

— Que vous avez dessinée en cobra, l'interrompit le duc. Vous avez raison, mon amour. C'est exactement ce qu'elle est, et j'ai horreur des serpents. J'ai réussi à me débarrasser d'elle, non sans mal !

— Est-ce vrai ?

— Je vous le jure. Et lorsque je suis monté me coucher, je suis allé dans votre chambre pour vous dire bonsoir mais vous dormiez.

— Vous êtes venu ? Vous êtes vraiment venu ?

— Je suis venu, répéta le duc, et j'ai préféré vous laisser dormir, j'ai simplement embrassé vos cheveux et je suis parti.

Les yeux d'Ilitta brillaient, telles des étoiles.

— Je ne m'en suis pas doutée un instant !

— Puis je suis allé me coucher et j'ai pensé à vous jusqu'à ce que je m'endorme.

— Si seulement je l'avais su !

— Mais avec votre intuition, vous auriez dû savoir ce que je ressentais pour vous et à quel point je regrettais de vous avoir emmenée chez lord Armitage ?

— Jamais je n'aurais dû accepter de vous suivre, répondit Ilitta, mais après avoir échappé à ces bandits, je ne voulais plus vous quitter. Je tenais déjà trop à vous.

— Moi aussi, et c'est pourquoi j'en ai oublié de vous dire mon vrai nom, admit le duc.

— Dire que c'est à cause de vous que je m'étais enfuie de la maison !

— J'étais à mille lieues de deviner la raison de votre fugue ! dit le duc en riant.

— Je m'étais toujours juré de ne jamais épouser un homme que je n'aimerais pas, dit Ilitta, et j'étais sûre que le mari que papa choisirait pour moi aurait l'aspect d'un animal dangereux que je détesterais.

— Je me demande... dit le duc. Si vous m'aviez rencontré dans des circonstances normales, m'auriez-vous vu sous la forme d'un cerf, ou comme un dangereux fauve ?

— Vous êtes un dieu descendu de l'Olympe, dit Ilitta, et je n'arrive pas à croire que vous m'aimiez.

— Je saurai vous en convaincre, répondit le duc. Ma chérie, j'ai l'intention de vous épouser immédiatement. Mais d'abord, il faut que vous rencontriez ma mère. Elle prie depuis des années pour que je trouve l'épouse parfaite et sera transportée de joie lorsqu'elle apprendra que ses prières ont été exaucées.

— J'aimerais beaucoup faire sa connaissance, dit Ilitta ; vous avez beaucoup de chance que votre mère soit encore en vie.

— Je sais, acquiesça le duc, et elle sera pour vous une seconde mère. Mais auparavant, comment pouvons-nous partir ensemble demain sans éveiller les soupçons de votre père ?

Ilitta réfléchit :

— Avez-vous vraiment l'intention de ne pas dire à papa ce que nous ressentons l'un pour l'autre ?

— Mon instinct me dit que cela vous déplairait que votre père pense qu'il est l'instigateur de notre mariage et qu'il s'en attribue tout le mérite.

— Vous avez raison. Cela rabaisserait les sentiments que nous éprouvons, et j'aurais l'impression que mon père me vend au plus offrant, comme si j'étais l'un de ses chevaux.

— Je suis certainement prêt à payer le prix qu'il demande, dit le duc en riant, mais je vous comprends très bien, mon cher cœur, et j'ai une idée.

Ilitta appuya sa joue contre son épaule.

— Je vous aime, et cela me rend si heureuse que j'ai peur que tout ceci ne soit qu'un beau rêve.

— Moi aussi, dit le duc, mais ce n'est pas un rêve, ma chérie, c'est la réalité. Jamais encore je n'ai éprouvé ce que je ressens pour vous.

— Que ressentez-vous ?

— Je suis si heureux que j'ai l'impression d'avoir remporté le Grand Prix avec trois longueurs d'avance !

Ilitta rit et il trouva que c'était le plus joli son qu'il eût jamais entendu.

— J'ai la même impression, dit-elle. Vite, dites-moi votre plan avant que papa ne revienne de l'entraînement.

— Est-ce là qu'il est allé ?

— Bien sûr. Il assiste à l'entraînement tous les matins. Il est convaincu d'avoir deux chevaux qui battront les vôtres lors de la prochaine course.

— Il peut battre tous les chevaux de mon écurie, dit le duc. Je serai toujours gagnant, puisque je vous épouse !

— Cela, vous pouvez le faire aujourd'hui !

— Je le voudrais aussi, mon amour. Mais je crois que cela provoquerait un scandale. Votre père serait furieux, et ma mère très peinée.

— Alors, que pouvons-nous faire ?

— Lorsque votre père reviendra, je prétendrai qu'en dépit de la lettre qu'il a reçue ce matin, j'ai pensé qu'il pourrait trouver inconvenant que je ne présente pas mes excuses de vive voix.

— Il sera ravi de vous voir et ne se posera pas de questions.

— Cela devrait faciliter les choses. Puis, vous lui apprendrez, en ma présence, que vous avez reçu une lettre vous invitant chez une amie dans le Gloucestershire. (Il sourit et poursuivit :) Je dirai alors à votre père que je me rends justement dans le Gloucestershire, et proposerai de vous y accompagner demain matin de bonne heure. Votre femme de chambre pourra suivre dans le fourgon.

Ilitta applaudit.

— Vous êtes si ingénieux ! Je savais bien que vous trouveriez une solution. D'ailleurs, comme papa souhaite me voir mariée, il sera enchanté que nous fassions connaissance.

— C'est aussi ce que je souhaite, mon amour : mieux vous connaître, et m'assurer que vous êtes à moi, maintenant et pour toujours, et que vous n'aurez plus jamais envie de vous enfuir.

— Ne craignez rien, dit Ilitta. Comment pourrais-je vouloir m'enfuir alors que je vous aime et qu'il n'y a personne d'autre au monde que vous ?

Il y avait dans sa voix un ton passionné que le duc n'avait pas entendu auparavant, et il l'attira presque brutalement contre lui pour l'embrasser impérieusement, comme s'il voulait s'assurer qu'elle était bien à lui et qu'elle ne s'enfuirait plus jamais.

Ilitta n'avait pas peur. Elle avait l'impression d'être transportée vers l'Olympe; il était un dieu et il avait fait d'elle sa déesse... Leur bonheur était trop merveilleux, trop parfait, trop beau pour être vrai. Elle cacha son visage contre lui avec un soupir.

— Mon Dieu, comme je vous aime ! s'exclama le duc. Comment aurais-je pu deviner que l'amour pouvait être si différent de tout ce que j'ai connu ou ressenti jusqu'à présent ?

— Moi aussi je vous aime, répondit-elle, mais il faut que vous m'appreniez à vous rendre heureux. J'ai tellement peur de vous décevoir.

— Jamais vous ne pourrez me décevoir.

Il embrassa ses cheveux et pensa que le Lilas Blanc avait un pouvoir magique qui le retiendrait captif pour toujours.

Puis, avec une pointe d'amusement dans la voix, il déclara :

— En dépit de votre fameux instinct, vous vous êtes sauvée, mais le destin a voulu que vous épousiez malgré tout le duc de Marazion !

— Je ne comprends pas comment j'ai pu être aussi sotte, dit Ilitta; en fait, c'est le brouillard qui nous a réunis.

— Ou plutôt un gredin à qui je serai toujours reconnaissant de vous avoir contrainte à chercher refuge dans ma chambre...

— Comment pouvez-vous dire de telles horreurs ? protesta Ilitta, l'air scandalisé mais les yeux pétillants de gaieté.

— Il va falloir que vous commenciez le livre que nous avons projeté pour nos enfants et nos petits-enfants. (Il observa la rougeur qui envahit son front et ajouta :) Il faudra l'illustrer, et je suis impatient de voir les dessins que vous ferez de mes amis, de mes ennemis et de toutes les personnes importantes que vous rencontrerez en tant que duchesse de Marazion.

Ilitta étouffa un petit rire.

— Je pensais que vous alliez me dire que je devrais renoncer au dessin !

— Au contraire, je veux que vous continuiez, dit le duc. Mais à une condition : j'aurai la priorité ! Je choisirai ce que vous montrerez aux autres et ce qui me sera strictement réservé.

— Ils seront tous pour *vous*, s'écria Ilitta. Comme tout ce que je ferai et tout ce que je penserai.

C'était ce que le duc attendait depuis toujours. Enfin, il avait trouvé la femme idéale, l'amour de sa vie.

Les mots leur manquaient pour exprimer le bonheur qui les envahissait. Il attira Ilitta dans ses bras et chercha ses lèvres.

Tout en l'embrassant, il songea qu'il s'embarquait dans une aventure si passionnante, si exaltante, que rien de ce qu'il avait fait jusque-là ne pouvait l'égaler.

Une fois de plus, il était le vainqueur, le conquérant, mais cette fois, il avait obtenu la récompense ultime — un amour qui ne pouvait venir que du ciel.

Romans sentimentaux

Depuis les ouvrages de Delly, publiés au début du siècle, la littérature sentimentale a conquis un large public. Elle a pour auteur vedette chez J'ai lu la célèbre romancière anglaise Barbara Cartland, la Dame en rose, qui a écrit près de 300 romans du genre. À ses côtés, J'ai lu présente des auteurs spécialisés dans le roman historique, Anne et Serge Golon avec la série des Angélique, Juliette Benzoni, des écrivains américains qui savent faire revivre toute la violence de leur pays (Kathleen Woodiwiss, Rosemary Rogers, Janet Dailey), ou des auteurs de récits contemporains qui mettent à nu le coeur et ses passions, tels que Theresa Charles ou Marie-Anne Desmarest.

BEARN Myriam et Gaston de — **L'or de Brice Bartrès** 2514/**4★**

BENZONI Juliette — **Marianne, une étoile pour Napoléon** 601/**4★** & 602/**4★**

CARTLAND Barbara

Amour secret 898/**2★**
Les seigneurs de la côte 920/**2★**
Le secret de Sylvina 1032/**2★**
Un amour imprévu 1538/**2★**
L'ingénue criminelle 1553/**2★**
La fiancée pour rire 1554/**2★**
Prise au piège 2082/**2★**
L'amour retrouvé 2130/**2★**
Loin de l'amour 2243/**2★**
Un coeur triomphant 2384/**2★**
La perfection de l'amour 2401/**2★**
La rivière de l'amour 2418/**2★**
L'ombre du péché 2428/**2★**
L'irrésistible charme d'Helga 2429/**2★**
La magie de l'amour 2446/**2★**
Le jardin de l'amour 2447/**2★**
De l'enfer au paradis 2464/**2★**
Dans les bras de l'amour 2465/**2★**
Un été indien 2479/**2★**
L'amour se joue des sortilèges 2480/**2★**
Le château du bonheur 2515/**2★**
La trahison diabolique 2516/**2★**
A la découverte du paradis 2531/**2★**
Le secret surpris 2532/**2★** Inédit
Duel pour l'amour 2547/**2★** Inédit
Princesse rebelle 2567/**2★** Inédit
La demoiselle en détresse 2568/**2★**
Au secours, mon amour 2588/**2★**
Le prince russe 2589/**2★** Inédit
Un mariage improvisé 2605/**2★**
La déesse de l'amour 2606/**2★**

	Dansons sous la pluie 2626/2*
	Une douce tentation 2627/2*
	Le secret de la mosquée 2638/2*
	La sirène de Monte-Carlo 2648/2*
	Seule et effrayée 2649/2*
	Le piège de l'amour 2664/2*
	Tempête amoureuse 2665/2*
	Les yeux de l'amour 2688/2* (Novembre 89)
	L'amour sans trêve 2689/2* (Novembre 89)
	Lilas blanc 2701/2* (Décembre 89)
	La malédiction de la sorcière 2702/2* (Déc. 89)
CHARLES Thérèsa	*Le chirurgien de Saint-Chad* 873/3*
	Inez, infirmière de Saint-Chad 874/3*
	Un amour à Saint-Chad 945/3*
	Crise à Saint-Chad 994/2*
COOKSON Catherine	*L'orpheline* 1886/5*
	La fille sans nom 1992/4*
	L'homme qui pleurait 2048/4*
	Le mariage de Tilly 2219/4*
	Le destin de Tilly Trotter 2273/3*
	Le long corridor 2334/3*
	La passion de Christine Winter 2403/3*
	L'éveil à l'amour 2587/4*
COSCARELLI Kate	*Destins de femmes* 2039/4*
DAILEY Janet	La saga des Calder :
	-La dynastie Calder 1659/4*
	-Le ranch Calder 2029/4*
	-Prisonniers du bonheur 2101/4*
	-Le dernier des Calder 2161/4*
	Le cavalier de l'aurore 1701/4*
	La Texane 1777/4*
	Le mal-aimé 1900/4*
	Les ailes d'argent 2258/5*
	Pour l'honneur de Hannah Wade 2366/3*
	Le triomphe de l'amour 2430/5*
	Les grandes solitudes 2566/6*
DESMAREST Marie-Anne	*Torrents* 970/3*
FIELDING Joy	*La femme piégée* 1750/3*
GOLON Anne et Serge	*Angélique, marquise des Anges* 2488/7*
	Angélique. le chemin de Versailles 2489/7*
	Angélique et le Roy 2490/7*
	Indomptable Angélique 2491/7*
	Angélique se révolte 2492/7*
	Angélique et son amour 2493/7*
	Angélique et le Nouveau Monde 2494/7*

	La tentation d'Angélique 2495/**7***
	Angélique et la Démone 2496/**7***
	Le complot des ombres 2497/**5***
	Angélique à Québec 2498/**5***
	Angélique à Québec 2499/**5***
	Angélique La route de l'espoir 2500/**7***
	La victoire d'Angélique 2501/**7***
HULL *E.M.*	*Le Cheik* 1135/**2***
IBBOTSON *Eva*	*Une comtesse à l'office* 1931/**4***
KEVERNE *Gloria*	*Demeure mon âme à Suseshi* 2546/**6***
LAKER *Rosalind*	*Reflets d'amour* 2129/**4***
	La femme de Brighton 2190/**4***
	Le sentier d'émeraudes 2351/**5***
	Splendeur dorée 2549/**4***
	Les neiges de Norvège 2687/**4*** (Novembre 89)
LINDSEY *Johanna*	*Un si cher ennemi* 2382/**3***
	Samantha 2533/**3***
McBAIN *Laurie*	*Les larmes d'or* 1644/**4***
	Lune trouble 1673/**4***
	L'empreinte du désir 1716/**4***
	Le Dragon des mers 2569/**4***
	Les contrebandiers de l'ombre 2604/**4***
	Splendeur et décadence 2663/**5***
MICHAEL *Judith*	*Prête-moi ta vie* 1844/**4*** & 1845/**4***
MONSIGNY *Jacqueline*	*Le palais du désert* 1885/**2***
MULLEN *Dore*	*Le lys d'or de Shanghai* 2525/**3***
	La violence du destin 2650/**4***
NICOLSON *Catherine*	*Tous les désirs d'une femme* 2303/**4***
PARETTI *Sandra*	*L'oiseau de paradis* 2445/**4***
	L'arbre du bonheur 2628/**5***
ROGERS *Rosemary*	*Amour tendre, amour sauvage* 952/**4***
	Jeux d'amour 1371/**4***
	Le grand amour de Virginia 1457/**4***
	Au vent des passions 1668/**4***
	La femme impudique 2069/**4***
	Le métis 2392/**5***
	Esclave du désir 2463/**5*** Inédit
	Insolente passion 2557/**6***
	Le feu et la glace 2576/**6***
	Le désir et la haine 2577/**7***
STANFILL *Francesca*	*Une passion fatale* 2320/**4***
WOODIWISS *Kathleen E.*	*Quand l'ouragan s'apaise* 772/**4***
	Le loup et la colombe 820/**4***
	Une rose en hiver 1816/**5***
	Shanna 1983/**5***

Littérature

extrait du catalogue

Cette collection est d'abord marquée par sa diversité : classiques, grands romans contemporains ou même des livres d'auteurs réputés plus difficiles, comme Borges, Soupault, Goes. En fait, c'est tout le roman qui est proposé ici, Henri Troyat, Bernard Clavel, Guy des Cars, Alain Robbe-Grillet, mais aussi des écrivains tels que Moravia, Colleen McCullough ou Konsalik.

Les classiques tels que Stendhal, Maupassant, Flaubert, Zola, Balzac, etc. sont publiés en texte intégral au prix le plus bas de toute l'édition. Chaque volume est complété par un cahier photos illustrant la biographie de l'auteur.

ADAMS Richard	**Les garennes de Watership Down** 2078/**6***
ADLER Philippe	**C'est peut-être ça l'amour** 2284/**3***
	Les amies de ma femme 2439/**3***
AMADOU Jean	**Heureux les convaincus** 2110/**3***
AMADOU J. et KANTOF A.	**La belle anglaise** 2684/**4*** (Novembre 89)
ANDREWS Virginia C.	*Fleurs captives :*
	-Fleurs captives 1165/**4***
	-Pétales au vent 1237/**4***
	-Bouquet d'épines 1350/**4***
	-Les racines du passé 1818/**4***
	-Le jardin des ombres 2526/**4***
ANGER Henri	**La mille et unième rue** 2564/**4***
ARCHER Jeffrey	**Kane et Abel** 2109/**6***
	Faut-il le dire à la Présidente ? 2376/**4***
ARTUR José	**Parlons de moi, y a que ça qui m'intéresse** 2542/**4***
AUEL Jean M.	**Les chasseurs de mammouths** 2213/**5*** et 2214/**5***
AURIOL H. et NEVEU C.	**Une histoire d'hommes / Paris-Dakar** 2423/**4***
AVRIL Nicole	**Monsieur de Lyon** 1049/**3***
	La disgrâce 1344/**3***
	Jeanne 1879/**3***
	L'été de la Saint-Valentin 2038/**2***
	La première alliance 2168/**3***
AZNAVOUR-GARVARENTZ	**Aïda Petit frère** 2358/**3***
BACH Richard	**Jonathan Livingston le goéland** 1562/**1*** Illustré
	Illusions / Le Messie récalcitrant 2111/**2***
	Un pont sur l'infini 2270/**4***
BALZAC Honoré de	**Le père Goriot** 1988/**2***
BARBER Noël	**Tanamera** 1804/**4*** & 1805/**4***
BARRET André	**La Cocagne** 2682/**6*** (Novembre 89)
BATS Joël	**Gardien de ma vie** 2238/**3*** Illustré
BAUDELAIRE Charles	**Les Fleurs du mal** 1939/**2***
BEART Guy	**L'espérance folle** 2695/**5*** (Décembre 89)
BEAULIEU PRESLEY Priscilla	**Elvis et moi** 2157/**4*** Illustré
BECKER Stephen	**Le bandit chinois** 2624/**5***

BELLONCI *Maria*	***Renaissance privée*** *2637/***6★** *Inédit*
BENZONI *Juliette*	***Un aussi long chemin*** *1872/***4★**
	Le Gerfaut des Brumes :
	-Le Gerfaut *2206/***6★**
	-Un collier pour le diable *2207/***6★**
	-Le trésor *2208/***5★**
	-Haute-Savane *2209/***5★**
BEYALA *Calixthe*	***C'est le soleil qui m'a brûlée*** *2512/***2★**
BINCHY *Maeve*	***Nos rêves de Castlebay*** *2444/***6★**
BISIAUX *M.* **et JAJOLET** *C.*	***Chat plume - 60 écrivains parlent de leurs chats*** *2545/***5★**
	Chat huppé - 60 personnalités parlent de leurs chats *2646/***6★**
BLIER *Bertrand*	***Les valseuses*** *543/***5★**
BOMSEL *Marie-Claude*	***Pas si bêtes*** *2331/***3★** *Illustré*
BORGES et BIOY CASARES	***Nouveaux contes de Bustos Domecq*** *1908/***3★**
BOURGEADE *Pierre*	***Le lac d'Orta*** *2410/***2★**
BRADFORD *Sarah*	***Grace*** *2002/***4★**
BROCHIER *Jean-Jacques*	***Un cauchemar*** *2046/***2★**
	L'hallali *2541/***2★**
BRUNELIN *André*	***Gabin*** *2680/***5★** *& 2681/***5★** *(Novembre 89) Illustré*
BURON *Nicole de*	***Vas-y maman*** *1031/***2★**
	Dix-jours-de-rêve *1481/***3★**
	Qui c'est, ce garçon ? *2043/***3★**
CALDWELL *Erskine*	***Le bâtard*** *1757/***2★**
CARS *Guy des*	***La brute*** *47/***3★**
	Le château de la juive *97/***4★**
	La tricheuse *125/***3★**
	L'impure *173/***4★**
	La corruptrice *229/***3★**
	La demoiselle d'Opéra *246/***3★**
	Les filles de joie *265/***3★**
	La dame du cirque *295/***2★**
	Cette étrange tendresse *303/***3★**
	L'officier sans nom *331/***3★**
	Les sept femmes *347/***4★**
	La maudite *361/***3★**
	L'habitude d'amour *376/***3★**
	La révoltée *492/***4★**
	Amour de ma vie *516/***3★**
	La vipère *615/***4★**
	L'entremetteuse *639/***4★**
	Une certaine dame *696/***4★**
	L'insolence de sa beauté *736/***3★**
	Le donneur *809/***2★**
	J'ose *858/***2★**

	La justicière 1163/2*
	La vie secrète de Dorothée Gindt 1236/2*
	La femme qui en savait trop 1293/2*
	Le château du clown 1357/4*
	La femme sans frontières 1518/3*
	Les reines de coeur 1783/3*
	La coupable 1880/3*
	L'envoûteuse 2016/5*
	Le faiseur de morts 2063/3*
	La vengeresse 2253/3*
	Sang d'Afrique 2291/5*
	Le crime de Mathilde 2375/4*
	La voleuse 2660/3*
CARS Jean des	Elisabeth d'Autriche ou la fatalité 1692/4*
CASSAR Jacques	Dossier Camille Claudel 2615/5*
CATO Nancy	L'Australienne 1969/4* & 1970/4*
	Les étoiles du Pacifique 2183/4* & 2184/4*
	Lady F. 2603/4*
CESBRON Gilbert	Chiens perdus sans collier 6/2*
	C'est Mozart qu'on assassine 379/3*
CHABAN-DELMAS Jacques	La dame d'Aquitaine 2409/2*
CHAVELET J. et DANNE E. de	Avenue Foch / Derrière les façades... 1949/3*
CHEDID Andrée	La maison sans racines 2065/2*
	Le sixième jour 2529/3*
	Le sommeil délivré 2636/3*
CHOW CHING LIE	Le palanquin des larmes 859/4*
	Concerto du fleuve Jaune 1202/3*
CHRIS Long	Johnny 2380/4* Illustré
CLANCIER Georges-Emmanuel	Le pain noir :
	1-Le pain noir 651/3*
	2-La fabrique du roi 652/3*
	3-Les drapeaux de la ville 653/4*
	4-La dernière saison 654/4*
CLAUDE Madame	Le meilleur c'est l'autre 2170/3*
CLAVEL Bernard	Le tonnerre de Dieu qui m'emporte 290/1*
	Le voyage du père 300/1*
	L'Espagnol 309/4*
	Malataverne 324/1*
	L'hercule sur la place 333/3*
	Le tambour du bief 457/2*
	L'espion aux yeux verts 499/3*
	La grande patience :
	1-La maison des autres 522/4*
	2-Celui qui voulait voir la mer 523/4*
	3-Le cœur des vivants 524/4*
	4-Les fruits de l'hiver 525/4*

	Le Seigneur du Fleuve 590/**3***
	Pirates du Rhône 658/**2***
	Le silence des armes 742/**3***
	Tiennot 1099/**2***
	Les colonnes du ciel :
	1-La saison des loups 1235/**3***
	2-La lumière du lac 1306/**4***
	3-La femme de guerre 1356/**3***
	4-Marie Bon Pain 1422/**3***
	5-Compagnons du Nouveau-Monde 1503/**3***
	Terres de mémoire 1729/**2***
	Bernard Clavel Qui êtes-vous ? 1895/**2***
	Le Royaume du Nord :
	-Harricana 2153/**4***
	-L'Or de la terre 2328/**4***
	-Miséréré 2540/**4***
CLERC Christine	**L'Arpeggione** 2513/**3***
CLERC Michel	**Les hommes mariés** 2141/**3***
COCTEAU Jean	**Orphée** 2172/**2***
COLETTE	**Le blé en herbe** 2/**1***
COLLINS Jackie	**Les dessous de Hollywood** 2234/**4*** & 2235/**4***
COMPANEEZ Nina	**La grande cabriole** 2696/**4*** (Décembre 89)
CONROY Pat	**Le Prince des marées** 2641/**5*** & 2642 /**5***
CONTRUCCI Jean	**Un jour, tu verras...** 2478/**3***
CORMAN Avery	**Kramer contre Kramer** 1044/**3***
CUNY Jean-Pierre	**L'aventure des plantes** 2659/**4***
DANA Jacqueline	**Les noces de Camille** 2477/**3***
DAUDET Alphonse	**Tartarin de Tarascon** 34/**1***
	Lettres de mon moulin 844/**1***
DAVENAT Colette	**Les émigrés du roi** 2227/**6***
	Daisy Rose 2597/**6***
DEFLANDRE Bernard	**La soupe aux doryphores ou dix ans en 40** 2185/**4***
DHOTEL André	**Le pays où l'on n'arrive jamais** 61/**2***
DICKENS Charles	**Espoir et passion (Un conte de deux villes)** 2643/**5***
DIDEROT Denis	**Jacques le fataliste et son maître** 2023/**3***
DJIAN Philippe	**37°2 le matin** 1951/**4***
	Bleu comme l'enfer 1971/**4***
	Zone érogène 2062/**4***
	Maudit manège 2167/**5***
	50 contre 1 2363/**3***
	Echine 2658/**5***
DORIN Françoise	**Les lits à une place** 1369/**4***
	Les miroirs truqués 1519/**4***
	Les jupes-culottes 1893/**4***

DUFOUR Hortense	Le Diable blanc (Le roman de Calamity Jane) 2507/4*
DUMAS Alexandre	La dame de Monsoreau 1841/5*
	Le vicomte de Bragelonne 2298/4* & 2299/4*
DUNNE Dominick	Pour l'honneur des Grenville 2365/4*
DYE Dale A.	Platoon 2201/3* Inédit
DZAGOYAN René	Le système Aristote 1817/4*
EGAN Robert et Louise	La petite boutique des horreurs 2202/3* Illustré
Dr ETIENNE J. et DUMONT E.	Le marcheur du Pôle 2416/3*
EXBRAYAT Charles	Ceux de la forêt 2476/2*
FIELDING Joy	Le dernier été de Joanne Hunter 2586/4*
FLAUBERT Gustave	Madame Bovary 103/3*
FOUCAULT Jean-Pierre & Léon	Les éclats de rire 2391/3*
FRANCK Dan	Les Adieux 2377/3*
FRANCOS Ania	Sauve-toi, Lola ! 1678/4*
FRISON-ROCHE Roger	La peau de bison 715/2*
	La vallée sans hommes 775/3*
	Carnets sahariens 866/3*
	Premier de cordée 936/3*
	La grande crevasse 951/3*
	Retour à la montagne 960/3*
	La piste oubliée 1054/3*
	Le rapt 1181/4*
	Djebel Amour 1225/4*
	Le versant du soleil 1451/4* & 1452/4*
	Nahanni 1579/3* Illustré
	L'esclave de Dieu 2236/6*
FYOT Pierre	Les remparts du silence 2417/3*
GEDGE Pauline	La dame du Nil 2590/6*
GERBER Alain	Une rumeur d'éléphant 1948/5*
	Le plaisir des sens 2158/4*
	Les heureux jours de monsieur Ghichka 2252/2*
	Les jours de vin et de roses 2412/2*
GOES Albrecht	Jusqu'à l'aube 1940/3*
GOISLARD Paul-Henry	Sarah :
	1-La maison de Sarah 2583/5*
	2-La femme de Prague 2661/4*
GORBATCHEV Mikhaïl	Perestroïka 2408/4*
GOULD Heywood	Cocktail 2575/5* Inédit
GRAY Martin	Le livre de la vie 839/2*
	Les forces de la vie 840/2*
	Le nouveau livre 1295/4*
GRIMM Ariane	Journal intime d'une jeune fille 2440/3*
GROULT Flora	Maxime ou la déchirure 518/2*
	Un seul ennui, les jours raccourcissent 897/2*
	Ni tout à fait la même, ni tout à fait une autre 1174/3*

	Une vie n'est pas assez 1450/**3***
	Mémoires de moi 1567/**2***
	Le passé infini 1801/**2***
	Le temps s'en va, madame.... 2311/**2***
GUIROUS D. et GALAN N.	*Si la Cococour m'était contée* 2296/**4*** Illustré
GURGAND Marguerite	*Les demoiselles de Beaumoreau* 1282/**3***
HALEY Alex	*Racines* 968/**4*** & 969/**4***
HARDY Françoise	*Entre les lignes entre les signes* 2312/**6***
HAYDEN Torey L.	*L'enfant qui ne pleurait pas* 1606/**3***
	Kevin le révolté 1711/**4***
	Les enfants des autres 2543/**5***
HEBRARD Frédérique	*Un mari c'est un mari* 823/**2***
	La vie reprendra au printemps 1131/**3***
	La chambre de Goethe 1398/**3***
	Un visage 1505/**2***
	La Citoyenne 2003/**3***
	Le mois de septembre 2395/**2***
	Le harem 2456/**3***
	La petite fille modèle 2602/**3***
	La demoiselle d'Avignon 2620/**4***
HEITZ Jacques	*Prélude à l'ivresse conjugale* 2644/**3***
HILL Susan	*Je suis le seigneur du château* 2619/**3***
HILLER B.B.	*Big* 2455/**2***
HORGUES Maurice	*La tête des nôtres (L'oreille en coin/France Inter)* 2426/**5***
ISHERWOOD Christopher	*Adieu à Berlin (Cabaret)* 1213/**3***
JAGGER Brenda	*Les chemins de Maison Haute* 1436/**4*** & 1437/**4***
	Antonia 2544/**4***
JEAN Raymond	*La lectrice* 2510/**2***
JONG Erica	*Les parachutes d'Icare* 2061/**6***
	Serenissima 2600/**4***
JYL Laurence	*Le chemin des micocouliers* 2381/**3***
KASPAROV Gary	*Et le Fou devint Roi* 2427/**4***
KAYE M.M.	*Pavillons lointains* 1307/**4*** & 1308/**4***
	L'ombre de la lune 2155/**4*** & 2156/**4***
	Mort au Cachemire 2508/**4***
KENEALLY Thomas	*La liste de Schindler* 2316/**6***
KIPLING Rudyard	*Le livre de la jungle* 2297/**2***
	Simples contes des collines 2333/**3***
	Le second livre de la jungle 2360/**2***
KONSALIK Heinz G.	*Amours sur le Don* 497/**5***
	La passion du Dr Bergh 578/**3***
	Dr Erika Werner 610/**3***
	Aimer sous les palmes 686/**2***
	Les damnés de la taïga 939/**4***
	L'homme qui oublia son passé 978/**2***

	Une nuit de magie noire 1130/**2**★
	Bataillons de femmes 1907/**5**★
	Le gentleman 2025/**3**★
	Un mariage en Silésie 2093/**4**★
	Coup de théâtre 2127/**3**★
	Clinique privée 2215/**3**★
	La nuit de la tentation 2281/**3**★ Inédit
	La guérisseuse 2314/**6**★
	Conjuration amoureuse 2399/**2**★
	La jeune fille et le sorcier 2474/**3**★
	Pour un péché de trop 2622/**4**★ Inédit
	Et cependant la vie était belle 2698/**4**★ (Décembre 89) Inédit
KREYDER Laura	*Thérèse Martin* 2699/**3**★ (Décembre 89)
L'HOTE Jean	*La Communale* 2329/**2**★
LACLOS Choderlos de	*Les liaisons dangereuses* 2616/**4**★
LAHAIE Brigitte	*Moi, la scandaleuse* 2362/**3**★ Illustré
LAMALLE Jacques	*L'Empereur de la faim* 2212/**5**★
LANE Robert	*Une danse solitaire* 2237/**3**★
LANGE Monique	*Histoire de Piaf* 1091/**3**★ Illustré
LAPEYRE Patrick	*Le corps inflammable* 2313/**3**★
	La lenteur de l'avenir 2565/**3**★
LAPOUGE Gilles	*La bataille de Wagram* 2269/**4**★
LASAYGUES Frédéric	*Bruit blanc* 2411/**3**★
LAVAL Xavier de	*Le songe de Thermidor* 2528/**6**★
LEVY-WILLARD Annette	*Moi, Jane, cherche Tarzan* 2582/**3**★
LOTTMAN Eileen	*Dynasty-1* 1697/**2**★
	Dynasty-2 Le retour d'Alexis 1894/**3**★
LOWERY Bruce	*La cicatrice* 165/**1**★
LUND Doris	*Eric (Printemps perdu)* 759/**4**★
MAALOUF Amin	*Les croisades vues par les Arabes* 1916/**4**★
MACLAINE Shirley	*L'amour foudre* 2396/**5**★
	Danser dans la lumière 2462/**5**★
McCULLOUGH Colleen	*Les oiseaux se cachent pour mourir* 1021/**4**★ & 1022/**4**★
	Tim 1141/**3**★
	Un autre nom pour l'amour 1534/**4**★
	La passion du Dr Christian 2250/**6**★
	Les dames de Missalonghi 2558/**3**★
MAGRINI Gabriella	*La dame de Kyôto* 2524/**6**★
MAHIEUX Alix	*Coulisses* 2108/**5**★
MALLET-JORIS Françoise	*La tristesse du cerf-volant* 2596/**4**★
MARGUERITTE Victor	*La garçonne* 423/**3**★
MARKANDAYA Kamala	*Le riz et la mousson* 117/**2**★
MARTIN Ralph G.	*Charles et Diana* 2461/**6**★ Illustré

MARTINO Bernard	*Le bébé est une personne* 2128/**3**★
MATTHEE Dalene	*Des cercles dans la forêt* 2066/**4**★
MAUPASSANT Guy de	*Une vie* 1952/**2**★
	L'ami Maupassant 2047/**2**★
MAURE Huguette	*Vous avez dit l'amour ?* 2267/**3**★
MERMAZ Louis	*Madame de Maintenon ou l'amour dévot* 1785/**2**★
	Un amour de Baudelaire - Madame Sabatier 1932/**2**★
MESSNER Reinhold	*Défi-Deux hommes, un 8000* 1839/**4**★ Illustré
MICHAEL Judith	*L'amour entre les lignes* 2441/**4**★ & 2442/**4**★
MODIANO P. et **LE-TAN** P.	*Poupée blonde* 1788/**3**★ Illustré
MONSIGNY Jacqueline	*Michigan Mélodie (Un mariage à la carte)* 1289/**2**★
	Les nuits du Bengale 1375/**3**★
	Le roi sans couronne 2332/**6**★
	Toutes les vies mènent à Rome 2625/**5**★
MONTLAUR Pierre	*Nitocris, la dame de Memphis* 2154/**4**★
MORAVIA Alberto	*La Ciociara* 1656/**4**★
	L'homme qui regarde 2254/**3**★
MORRIS Edita	*Les fleurs d'Hiroshima* 141/**1**★
MOUSSEAU Renée	*Mon enfant mon amour* 1196/**1**★
MURAIL Elvire	*Les mannequins d'osier* 2559/**3**★
NASTASE Ilie	*Tie-break* 2097/**4**★
	Le filet 2251/**3**★
NELL DUBUS Elisabeth	*Beau-Chêne* 2346/**6**★
	L'enjeu de Beau-Chêne 2413/**6**★
NOLAN Christopher	*Sous l'œil de l'horloge* 2686/**3**★ (Novembre 89)
NORST Joel	*Mississippi Burning* 2614/**3**★ Inédit
ORIEUX Jean	*Catherine de Médicis* 2459/**5**★ & 2460/**5**★
OWENS Martin	*Le secret de mon succès* 2216/**3**★ Inédit
PARTURIER Françoise	*Calamité, mon amour...* 1012/**4**★
	Les Hauts de Ramatuelle 1706/**3**★
PAULHAC Jean	*Les herbes de la Saint-Jean* 2415/**5**★ Inédit
PAUWELS Marie-Claire	*Mon chéri* 2599/**2**★
PEGGY	*Cloclo notre amour* 2398/**3**★
PEYREFITTE Roger	*Les amitiés particulières* 17/**4**★
	La mort d'une mère 2113/**2**★
PIRANDELLO Luigi	*Le mari de sa femme* 2283/**4**★
PLAIN Belva	*Tous les fleuves vont à la mer* 1479/**4**★ & 1480/**4**★
	La splendeur des orages 1622/**5**★
	Les cèdres de Beau-Jardin 2138/**6**★
	La coupe d'or 2425/**6**★
	Les Werner 2662/**5**★ (Octobre 89)
POE Edgar Allan	*Le chat noir et autres récits* 2004/**3**★
POUCHKINE Alexandre	*Eugène Onéguine* 2095/**2**★
PROSLIER Jean-Marie	*Vieucon et son chien* 2026/**3**★
	Excusez-moi si je vous demande pardon ! 2317/**3**★

2701

Impression Brodard et Taupin
à La Flèche (Sarthe) le 9 novembre 1989
6641B-5 Dépôt légal novembre 1989
ISBN 2-277-22701-3
Imprimé en France
Editions J'ai lu
27, rue Cassette, 75006 Paris
diffusion France et étranger : Flammarion